漂流者は何を食べていたか

椎名誠

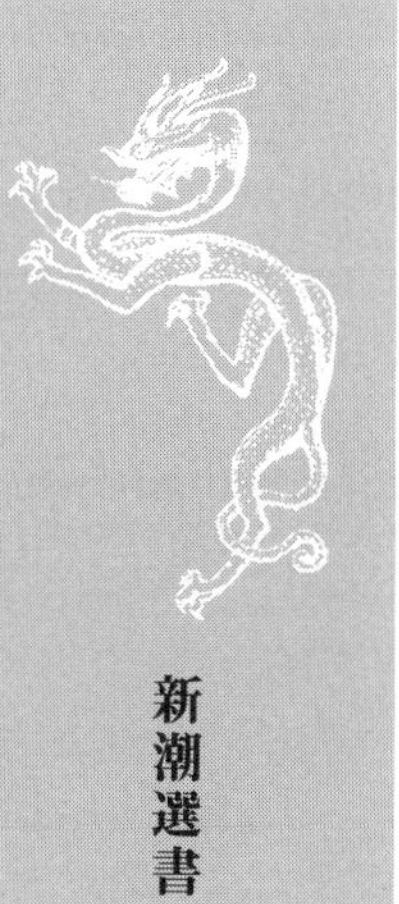

新潮選書

まえがき

ぼくは「漂流記マニア」である。

「漂流マニア」ではないですよ。それだと壊れた小舟なんかに一人乗ってサメなどに脅かされ、喉の渇きに絶望しながら行きつく先のわからない日々を過ごすなんていうことになる。そしてマニアというからには少なくとも年に二〜三回はそういう状態を体験し、空を見ながら笑ってよろこんでいる、ということになる。変態だ。

そういう趣味の人が年に一度は「趣味の漂流―流れ者の会」なんてのに集まって「いやあ、みなさんまだ生きてましたか。わたしの今回の漂流はスコールもなくて自分の小便飲んでましたけど慣れてくるとあれもいいもんですなあ」なんていうことを話し、例会のメンバーに拍手なんかしてもらう、というようなことになる。やっぱり変態だ。

「マニア」なんて書いたからのっけからおかしなコト言ってるんだな。

常に生死の境に怯える漂流なんか絶対に体験したくない。

ぼくが好きなのは正確に言えば「漂流した人の苦しい体験記」を読んで、ああ、こんなことになったら嫌だなあ。もうわが人生、たとえ矢切の渡しなんてのでも舟に乗るのは絶対にやめよう、などと心に誓い、よく冷えた生ビールなどを飲む、という漂流記趣味なのである。

いやはや、少し調子軽すぎる前口上でした。ぼくが一番最初に「漂流」の話を読んだのは小学生の頃だった。ジュール・ヴェルヌの『十五少年漂流記』。

題名にモーレツな吸引力があった。子供むけに書かれた本だったけれどその日のうちに半分ぐらい読んでしまった。世の中にこれほど痛快、胸躍らせる本があったとは。翌日最後まで読んでしまい、もっといっぱいこういう本を読みたい、と痛切に思った。

二年間もかかったけれど少年たちは最後には故郷に帰ってくることができたのが嬉しかった。二、三年してもう少し詳しく書いてある『十五少年漂流記』を読み、さらに熱中した。それから似たような海洋冒険ものをさがしまくり、それらの中に本当に漂流して死者まで出してしまう、という話をいくつか読み、身がひきしまる気分をあじわった。

本当の漂流記録は過酷で悲惨で油断がならない。それだけに何人かでも生還できると感動の重みはちがっていた。

中学、高校と読む本の幅はひろがった。そういう経過があるからぼくは当初はノンフィクションものを集中して読んでいた。漂流記マニアのはじまりである。

その頃手に入る漂流記は、現代ではみんな有名な、世界中の国家政策を背景にした大がかりな探検隊によるものが多かったので、必然的に海だけにこだわらず山岳、砂漠、川、ジャングルなどの探検冒険記ものに興味はひろがっていった。

それらはやがて自分の行動にも影響してきた。読んだ本にからむような世界の辺境地帯を旅するようになったのだ。スヴェン・ヘディンが生涯をそそぎこんだ西域の有名なタクラマカン砂漠の楼蘭へは正式な探検隊の一員として行った。ヴェルヌの『十五少年漂流記』はその創作の舞台、漂流した島のモデルとされたマゼラン海峡の島まで行ってしまった。ぼくの人生を方向づけたこうした経緯の背景にはそんな動機づけがある。

本書をまとめるために自宅にある漂流関係の本を全部ひっぱりだしてみると百冊以上あった。そのなかから類型にとらわれず、読みごたえのある本を選んでいった。テーマの「何を食べていたか」でくくっていくと、漂流する海域によって、あるいは漂流する船や、個人か仲間がいたかなどによって状況はまるっきり違ってくる。もっとも重要なのは漂流者の精神力、対応能力、食に対する貪欲さ、食物を捕獲するための勇気、決してあきらめない性根。そうしたものの総合力が生還につながっている、ということがよくわかっていった。

たとえば、まだ小学校に通っていたような子供を含めてイギリス人家族がボートに乗って流されていくドゥガル・ロバートソンの漂流はウミガメを次々に捕まえてそれによって生きていくのだが、看護婦の経験がある母親が体内の水分枯渇を心配し、保持しているわずかな道具を工夫し、口からは飲めない水を肛門から浣腸して体のなかの水分にしていく、などという凄まじい体験が語られる。

ソロ号によるヨットの航海に出たスティーヴン・キャラハンはクジラにぶつかって遭難する。ちっぽけな救命イカダに逃れ、わずかに回収したものを使って、たとえばタッパーウェアと布で海水を太陽光線によって蒸留して淡水を得る。エンピツで六分儀を作ってしまう。キャラハンのちっぽけな救命イカダは大海を漂う「暮しの手帖」の実験室のようだった。

この本のために選び抜いた漂流記はどれも苦悩と絶望に閉ざされているが、日がたち、経験を重ねていくにつれて敢然と荒波にたちむかっていく希望と勇気の物語に成長していく。

本書を編むためにあらためて熟読していったが、漂流記は希望と勇気の物語なのだ、ということを再確認した。

漂流者は何を食べていたか　目次

挿画・本山賢司

漂流者は何を食べていたか

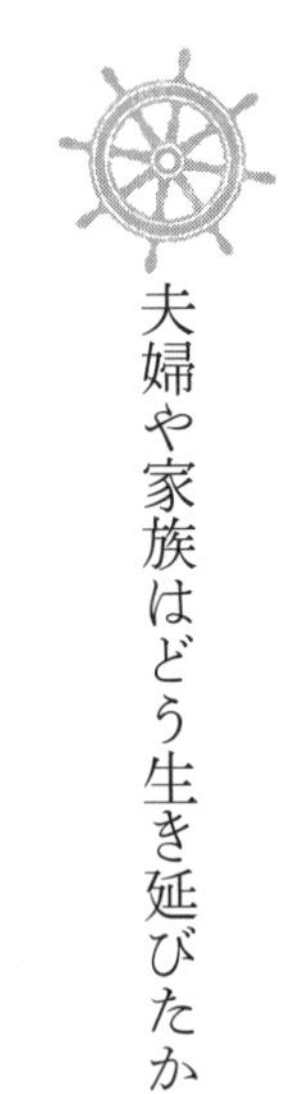

夫婦や家族はどう生き延びたか

小さい頃から漂流好き

〝漂流記もの〟というジャンルがあるとしたらぼくは小学生の頃にそれに目覚めていた。子供の頃の読書体験というのは場合によってはその後そこそこ長きにわたる人生に大きな影響を及ぼすもので、ぼくは学校の図書室で小学六年のときに読んだ数冊の本から、その後のわが人生にかなりの方向を与えられたような気がする。

たとえばチャールズ・ダーウィン、スヴェン・ヘディン、ジュール・ヴェルヌ、トール・ヘイエルダール、などといった博物学者兼探検家の本にココロを奪われ関連本をむさぼり読んできた。

その年頃のニンゲンに及ぼす書物の夢、書物のちから、というのはとてつもないもので、ぼくはその後大人になって自由に世界をうろつき回れるようになると、これらの先人らの足跡を追ってマゼラン海峡、ビーグル水道（ダーウィンの乗っていた探検船が発見した航路）、タクラマカン砂漠のなかのロプノール、ジュール・ヴェルヌの『十五少年漂流記』のモデルとなった島チャタム島などに足を運んでしまった。

それらのなかには現代でも行ってみると冒険、探検の様相をもったままのエリアもあったが、さすが一世紀以上の時を隔てると移動手段、通信手段などをはじめとして、当時から較べたらそうとう軟弱な後追い体験だった筈だ。ひとつだけ、どうしてもできそうになく、はなから諦めてしまったのはヘイエルダールのバルサ材で組み立てた筏「コン・ティキ号」による実験漂流記であった。

漂流記は、基本的には何かの予測しえない事故、事件によって思いがけなく何もない海洋に流されてしまったあとのサバイバルの記録であることが多いが、ヘイエルダールのそれは学術的な民族移動を体験的に証明するものであった。

ヘイエルダールはその実験漂流のあと、パピルスという名の葦などの浮力の高い植物で作った筏などによって何度も実験漂流をしている。それらの記録を読むたびにぼくはなぜか切歯扼腕したのだった。

117 DAYS ADRIFT
MAURICE AND
MARALYN BAILEY
SURVIVE THE
SAVAGE SEA

その広大なスケールの漂流の追体験だけはぼくには到底できる度胸も能力も可能性もなかったからなのだった。

けれどヘイエルダールのこの探検記シリーズによってぼくは長年にわたる世界各国の人々による漂流記（その殆どは予測しえない災害や事故によるもの）を読みあさるようになった。殆ど無防備といっていい状態で海に投げ出され、艱難辛苦の末に生還した人々による述懐ばかりである。その体験のありさまはどれもまぎれもなく生死にからむものであり、運よく、そして強い精神力のもとに生還した人々によってはじめて世にしらしめられた実話である。

改めて言うのもなんだが、これまで出された幾多の漂流記を凌ぐような過酷で激烈な体験をしていても、さらなる不幸によって結局海に引き込まれてしまって生還できなかった人々の埋もれた（というより沈んでしまった）体験記というものはそのまま消えてしまって存在していないのである。想像するにそれらは膨大な数であったろう。気の毒でならない。

数えてみるとぼくは古今内外の漂流記を七十冊ほど読んでいる。それらの本の多くは絶版になってしまったようだが、これから時間をかけてそれらの記録をじっくり読み返し、いくつかの類型によってまとめてみたいと思っている。七十冊というと膨大な量になるので、ここでは漂流者は何を飲み、何を食べて生き抜いたのか、というところに焦点をしぼってみたい。

ウミガメ、海鳥、サメを手摑みし生食した

最初の二冊を数十年ぶりに読んで驚いたのは、当初読んでいた頃にはまったく気がつかなかった驚くばかりの近似性である。

一冊ずつ紹介していこう。

『117日間死の漂流』(モーリス・ベイリー、マラリン・ベイリー著、小鷹信光訳、講談社)。

一九七三年、ベイリー夫妻は結婚五年目に故郷のイギリスの土地および家屋を売り払って手にいれた小型のヨット「オーラリン号」で、ニュージーランドに向けてヨーロッパから中米に帆走、運河を通ってパナマを出航した。

安定している季節を選んだので太平洋を南西にむかって軽快な帆走を続けていたが、出航して六日目に思いがけない事故に見まわれた。マッコウクジラと衝突し、ヨットの左舷部分に長さ四十五センチ、幅三十センチの修復不可能の大穴があき、そこからたちまち海水が入ってきた。ガラパゴス諸島の四百八十キロほど手前のことだった。

ヨットへの浸水は早く、ライフラフトと呼ばれる直径一・五メートルほどの円形のゴムボートに天蓋をつけたものと、手漕ぎ式のボートをひっぱりだす。ゴムボートには炭酸ガスの小さなボンベが設置してあって海に投げ出すと自動的に膨らむようになっている。二人はそこに手あたり

しだいに必要と思われるものを放り込み、最後に自分たちが乗り込んだときにはヨットは水没寸前になっていた。その間たったの五十分足らずだった。しばらくその場にとどまっていると沈没したヨットから様々なものが浮きあがってきた。

鉛筆二本、マーガリンの缶詰、瓶入りのインスタントコーヒー、メチルアルコール、一ガロン入り（一英ガロン=約四・五リットル）の灯油、一ガロン入りの水四つ。夫のモーリスがヨットから運びこんだ六ガロン入りの水を加えると夫妻の持っている水は十ガロンになった。

ヨットが沈んでしまう前に妻のマラリンが救命ボートに移した主なものは以下だった。六分儀、防水服、ビスケットなどの非常用食品類、裁縫道具、少量の水と同時に沈没前にヨットから移しかえたブタンガスのストーブ（ただしガスのスペアは持ち出せなかった。従っていま残っているガスしか燃料はない）。ヨットにいたときと較べると絶望するほど僅かな品々だがこれだけでも節約すれば二十日間は生き延びることができる、と妻のマラリンは考えていた。

この本の基本になった手記は夫婦が交互に記述していく形式になっている。そしてこの段階で妻が非常にしっかりした根性の持ち主だということがわかってくる。

ライフラフトと手漕ぎボートは頑丈なロープでつながれ、海中で開く小さなパラシュートのようなシーアンカーをライフラフトの後部に設置する。手漕ぎボートに備えつけになっていた二本のオールを漕ぎ座の横にまっすぐに立てそこにセイル・バッグを帆のかわりに張り渡し、風を受

手漕ぎボートとライフラフト。

けられるようにする。そこが先頭になり、ロープでつながれたライフラフト、シーアンカーの順に並びわずかずつでも進んでいくようにして、二人の過酷な漂流が始まっていく。

彼らはまず最初にこれらの荷物を使いやすいように、そして居ごこちのいいようにライフラフトの内部に配置した。手漕ぎボートの上は天蓋がないので荷物はおけない。大きなショックをなんとか克服し、体を休めるために最初の朝食をとる。

マーガリンをたっぷりつけ、マーマレードで味つけをしたビスケットを四枚ずつ。

その日の昼食は手のひらにひとすくいのピーナッツ。夕食は二人で缶詰一個。彼らの最初のひとつの缶詰の食べ方は次のようなものだった。手漕ぎボートになんとかもちこんだ小さなフライパンでその缶詰の中身をあたため（燃料がカートリッジ一個の残りしかないやつで）スプーン一口ずつ交互に食べる。デザートに干したナツメヤシを一粒ずつ。

翌日の朝食は夫婦といえどもケンカしないように正確にスプーン三杯ぶんずつはかったインスタントコーヒーをカップの水に入れてかきまわしたもの。

ウミガメの接近

一週間ほど漂流した頃、アオウミガメの幼いやつが近寄ってきてしきりに体をライフラフトにこすりつけていた。よくみると背中のうしろのほうにトゲのようなものが生えていて、これで何度もこすりつけられていたらライフラフトに穴が開いてしまうかもしれない、という恐怖から夫婦で協力してそいつを捕まえ手漕ぎボートの上に転がしてしまう。

やがてそのカメを殺して解体した。漂流十日目のことである。

マラリンはそのカメが友好的でいかにも可愛らしかったので殺すときに逡巡するが、夫のモーリスが必死にカメを押えているので自分がナイフでカメの頭部を切断するしかない、ということも理解した。このときはカメの血を飲む、という発想はなく全部海に捨ててしまう。死んで動かなくなったカメの甲羅をふたつにしてこじあけその下に白身の肉をみつける。子牛とチキンの肉にカニの肉をまぜたような味だったと書いてある。

カメの死骸を海に捨てると小さな魚がたくさん集まってきてマラリンは魚を釣る、ということを考える。けれど釣り道具はヨットとともに沈んでしまった。マラリンは物入れをかきまわしペンチとステンレススチールの安全ピンをひっぱりだす。モーリスの前で安全ピンのクリップの部分を切断し、折り曲げて小さな釣り針をつくり、根元の輪状部分に細い糸を通しそれにひとつ輪を作ってタール結び（釣り糸などの特殊な結び方）にした。

この文章だけみると具体的にどういうことをしたのかよくわからないのだが、著書にはそのわかりやすい写真が出ている（救出後に手記出版用に撮ったらしい）。こういうことも含めてマラリンは非常にサバイバル能力に優れている、ということがわかる。

その針にマラリンはカメの肉を餌にしてくくりつけ魚釣りに集中する。釣れたのは十五〜二十センチほどのトリガーフィッシュ（カワハギに似ている）だった。この魚はカメとならんでそれ以降二人の主食になる。

カメも魚ももちろん生食である。サシミに慣れている日本人とちがってヨーロッパ文化で育ってきた二人には最初のうちかなり違和感があったのだろうが、魚には淡水が含まれていて水がわりになるから、とても効果的な食事になっていた筈である。別の漂流記では魚の肉はしぼると塩気のない汁が出てくるのでそれで喉の渇きを癒した、という記述がある。

漂流十八日目。この頃になると常に海水にさらされているのと、ボートとの絶え間ない接触で体が傷だらけになり、下半身にはいくつも擦り傷ができ、全身に数えきれないほどの水ぶくれができていた。海水漬けが二人を苦しめた記述がいたるところにある。

淡水で体を洗いたかった。そんなときにようやく雨が降った。最初は体を洗うよりも喉の渇きを癒したい。その雨水をなんとかバケツに溜めたが、天蓋に塗布されている防水ゴムの成分がまじっていてとても飲めるしろものではなかった。手記には書いていないが、そのかわりにひさしぶりの淡水で二人は体の表面にくまなくはりついた塩分を流したようだ。

しばらくするとまたカメが彼らに近よってきた。前のよりも大きかったが、その捕獲の仕方も手ぎわよくなっていた。

解体し、肩と腰のあたりから切り身をそぎとり、肝臓、腎臓、心臓を慎重に取り出した。甲羅のすぐ裏側あたりからかなりの量のあぶら身も見つけだした。緑がかった黄色をしていて最初はやや怯んだようだが食べてみるとなかなか美味で食欲をそそった。また大量に出るカメの血を以前は捨てていたが血も大切な養分であり、喉の渇きを潤してくれるものと気がつき、以降は必ず生血を飲むようになった。カメの血は採取するとたちまち凝固してしまうので全部飲むのも大変だったらしい。

三匹目のカメを捕らえたときはまず大きな心臓を取り出し、次に胴体の四分の一を占めるほどの大きな肝臓を見つけた。肝臓はヌルヌルと滑りやすく、緑色をした袋（胆嚢）を破ってはならない、ということが分かっていたので解体も慎重になっていた。腸のなかに小ガニの殻がびっしり詰まっているのも発見した。それによってカメがライフラフトにしきりに近づいてくる理由もわかった。ライフラフトの底には海藻や巻き貝などのほかに小ガニがいっぱい住み着いているのを知ったからだ。

黄金色の沢山のカメの卵

やがて漂流二カ月となった。彼らは何度も試行錯誤しながら安全ピンによる釣り針でいろいろな魚を釣ることができるようになった。しかし、結局は代用品である。大きな魚がかかると釣り針のようにまげた安全ピンの先端がのびて、せっかくかかった魚を逃がしてしまったり、針をもぎとられてしまったりの苦労が絶えなかった。そして安全ピンの備蓄も少なくなっていった。

かれらの釣る魚ではミルクフィッシュ（サバヒー）は一・五メートルにもなる大型の魚で味もよかった。スコールのときに飲料水を確保する技術も高まっていった。天蓋に塗ってある防水ゴムがあらかた剝がれてきていたのでライフラフトのまわりを一周する雨樋のようなものをつくってそこから飲める水をあつめて漏れない容器にためておくことも巧みになった。

五月三十日に解体したメスのカメには大きめな小石ほどの、しめりけを帯びた明るい黄金色の小球がいっぱいつまっていた。産卵まぢかの卵だった。つまんでみるとゴムボールのようにやわらかい。口の中に入れると思った以上に皮膜はかたく、歯でそれを破ると乾燥したかんじのする濃い黄身が口中にひろがり喉に伝わっていった。ネバネバしたものが歯や舌にはりつき唾液で流し込もうとしてもなかなかはなれようとしない。

水と一緒に流し込んだほうがいい。二人は工夫し、この濃厚なたくさんのゴチソウを堪能した。

翌日には、朝つかまえた魚の切身の何枚かを、日干しにするために手漕ぎボートのマストの支索にかけてみた。こうすれば獲物が少なくなっても保存がきくと思ったからだ。

六月十一日には以前から彼らのまわりを飛び回っていたカツオドリを手摑みで捕らえる。人間との接触のないこういう海洋のただなかの鳥は手摑みで捕らえることができるらしい。毛を手でむしり、ナイフで固い皮をはいでいく。

カツオドリの肉は黒ずんだ赤色だったが口にするととても美味しかった、と書いている。魚とカメの肉ばかり食べていたので献立が変わったことが嬉しかったらしい。

しかし彼らを痛めつける暴風はたびたびやってきて二人はライフラフトの中で何度目かの生と死の境目に翻弄される。この頃になると精神的にはそうとうタフになっていたが、ずっと海水にさらされている体は塩にやられて防水服を着ると全身に痛みが走った。

サメがひっきりなしに彼らにまとわりついてくる。三メートルぐらいのサメもいるが一メートルぐらいの子ザメもいる。

六月の半ば頃、マラリンがライフラフトの中からぼんやり海を眺めているすぐそばに一メートルたらずのサメが近寄ってきた。

マラリンがなにげなく手をのばすと、それを握ってしまっているのに気がついた。サメの表皮はざらざらしているのでしっぽのあたりを捕まえると魚のようにつるりと逃げられることはなかった。

眠っていたモーリスにマラリンが「サメよ。サメをつかまえてしまった！」と叫ぶ。「ふりまわせ！」モーリスもびっくりしていたが的確なアドバイスをする。その日、マラリンはそのくらいの子ザメを三匹も手摑みしてしまった。さらにその日はモーリスが再びカツオドリを手摑みしていた。サメと鳥を何の道具も使わずに捕らえてしまう夫婦なんて世界中探してもほかにいないだろう。

漂流者の食生活を中心に書いているのでこれまで他のことにはあまり触れずにきたが、漂流して百十九日目に北緯一〇度、西経九五度、ガラパゴス諸島の北西で韓国のマグロ漁船と出会い、救出された。パナマからそこまでの正確な航路はわかっていないが、読者は出航場所と救出場所についてしばらく記憶しておいていただきたい。

主食はウミガメのベリーベリーレアステーキ

次の遭難航海記『荒海からの生還』(ドゥガル・ロバートソン著、河合伸訳、朝日新聞社)もやはり英国人で今度はファミリーでの遭難。

ドゥガルはもともと海運業界で仕事をしていたが一九五一年に結婚。船長資格をとったあと農場経営をしていた。妻のリンは助産婦として働いていたが農場経営では家族が一堂に会する時間が想像以上に少なく、夫婦とも四人の子供たちの未来に漠然とした不安を感じていた。こんな田舎の農園で生活していてはスケールの小さな未来になってしまうのではないか。そこでヨットを買って長年の夢だった家族全員で世界一周の旅に出たい、と夫婦で話しあった。意見は一致しドゥガルは農場をすっかり売り払った。

ロバートソン一家には十六歳になる長女のアンと十五歳のダグラス、九つになる双子の男の子ニールとサンディがいた。ドゥガルがその航海の話を彼らにつたえた日、ラジオでは世界一周ヨットレースのニュースが報じられていた。

やがてドゥガルはヨットを買い「ルセット」と名づけた。家族は購入したヨットに住居を移し、近海での航海をいろいろ行い、二カ月ほど海での生活とヨット操船を体験させていった。

あとでわかるが、この予備訓練は非常に重要であった。それがなかったら幼い子供たちはその後に見まわれる海でのサバイバルに耐えられたかどうか。

準備が整い、一九七一年に英国を出航し翌年にはパナマから本格的な太平洋横断の旅に出る。まずはガラパゴス諸島を目指した。先に紹介したベイリー夫妻がパナマを出航したのは一九七三年。

ドゥガル・ロバートソンの家族のヨットは一年早く同じパナマから出航しているのである。しかしパナマを出航する前に長女のアンはそれまでの旅の途中でたちよった島でカナダ人の青年とスピーディな恋に落ち、自分のあたらしい人生にむかって一家のヨットから下船した。かわりにロビン・ウィリアムズという二十二歳の若者が手伝いを条件にニュージーランドまで同行することになった。

ガラパゴス諸島でしばらく滞在した後、ルセット号は針路をマルケサス諸島にむけた。二カ月にわたる訓練がものをいって子供たちの航海術はみるみる上達しており、長男のダグラスは舵をとる当番までこなせるようになっていた。

ガラパゴス諸島がはるか後方に島影を残し、ルセット号は順風に帆をふくらませ、船首は軽快に大波を切っていった。

事故はそんなときに何の前触れもなくいきなりおきた。ドゥガルは、ルセット号がまるで大きなハンマーでぶんなぐられたような、と書いている。船は揺さぶられすぐに傾きはじめていた。

「シャチだ！」長男のダグラスが叫んだ。

前に書いたオーラリン号が鯨とぶつかって沈没したのがガラパゴス諸島に接近する前。ルセット号がシャチに襲われたのはガラパゴス諸島をすぎたマルケサス諸島の二千八百カイリ東だった。ぶつかったのはどちらも魚の巨大生物。わずか一年のあいだにこのように似たようなケースの惨事が連続したのである。

幼い子供らはまだ自分たちのヨットが沈んでいくとは信じられない様子だったがドゥガルはライフラフトやディンギー（ボート）の中にこれはというものを手当たりしだいに投げ入れながら、いかだに乗れ、と叫んでいた。ドゥガルはリンの裁縫箱が流れてくるのを拾いあげたほか空き箱やそこそこ大きな布などをボートの上に引き上げた。ヨットと海に浮かぶものからなんとか拾いあげたものは次のようなものだった。

飲料水十八パイント、救命信号八本。あか汲み、釣り針大小ふたつずつ、懐中電灯、シーアンカー二つ、取り扱い説明書、ふいご、パドル三本、タマネギ一袋、一ポンド入りのビスケットの缶詰、半ポンドぐらいのブドウ糖の入った瓶、レモンが六個、オレンジ十個。

シーアンカーを流し、とどまっているあいだに一家はこれら海からひろいあげていたものの整理をした。リンの裁縫箱の中身を調べると貴重品の宝庫だった。糸や針ばかりではなく外科用のメス二本、編み針二本、毛布用の大きな安全ピンと帽子の留め針。ビニールの袋三つ、細紐の玉、ボタン、アルミホイル、くつべら、プラスチックの小さなコップと箱が二つずつ、乾燥イースト二袋、銅線一フィート、輪ゴム少々、アスピリン一瓶、鉛筆とボールペンまで入っていた。ドゥガルの手もとにはワニス（塗料）半パイント、びしょ濡れになった西インド諸島の航海案内、水浸しになった発煙信号、二十年前に買った腕時計（まだ動いていた）、救急箱には動脈鉗子や鋏などがあった。

それからみんなでセールからラフワイヤーを取り出した。そのときダグラスが食料の再点検をするとライフラフトのポケットのひとつにスポンジ（ボートやライフラフトの中にたまった水を吸いあげて排出するときの必需品）とプラグ（栓＝ゴムのボートなどに穴があいたときの必需品）やパンクの修理用具などが入っているのを発見したがゴム糊は乾ききっていてもう役にはたたなかった。

もうひとつのポケットにはライフラフトの使用説明書が入っていたが、これは「士気を高めること、指導者の統率力が必要なこと、救助を待つべきこと」などがくどくど書かれているだけで大洋の真ん中で生き延びるにはどうしたらいいか、などという具体的な対処法についてはなにも書いていなかった。

やっと取り出したラフワイヤーは長さがざっと四十フィートで白いビニールに覆われていた。そのワイヤーでライフラフトとボートを繋ぎ、シーアンカーをたらした。先のベイリー夫妻がやったのと同じような形になったのだ。

ベイリー夫妻の装備になかったありがたいものはディンギーにつけるのに相応しい小さな白いビニールのシートで、これはディンギーの帆にするために切り取り、残った部分は夜の冷え込みから身を守るためのシーツやカバーに利用することにした。リンだけはナイロンの服を着ていたが他は水着にシャツをはおっているだけだった。

ひと仕事おえたあとビスケット一枚に水一口分ずつと六人でオレンジ一つ、それにブドウ糖少々、というわりあてがあった。全員それでは絶対たりなかったが、その後のことを考えれば我慢するしかなかった。

翌日の朝食は四分の一オンスのビスケットとタマネギ一切れ、それに水一口というメニューだった。もちろんこれだけではたりなかったがみんなまだ環境の激変のショックから立ち直っていなかったので激しい飢えまでは感じなかったらしい。

おやつはオレンジ一切れ。昼食は水一口とビタミン入りのパン一枚。夕食は一・五平方インチぐらいのビスケット一枚とブドウ糖の小さなカケラ、水一口だった。

翌日の午後に雨が降ってきた。ライフラフトには集水設備があったが、その程度の雨ではゴム臭とかぶった海の水の塩辛さでとても飲めるような代物ではなかった。

その翌日の朝方、ボートの上で二匹のトビウオをみつけた。むこうから勝手に飛び込んできたのでなによりのプレゼントだった。それらは等分に切りわけてうれしい朝食となった。皆で新鮮な魚肉を喜び味わった。

それから二日後、まだ暗い時間に無人のボートの上でバタバタいううるさい音が聞こえたのでまたトビウオかとロープを引き寄せてみるとボートの底で三十五ポンド（一ポンド=約〇・四五キロ）はありそうな大きなシイラが暴れていた。てこずったがナイフでなんとか始末。

一休みしていると、今度はトビウオがライフラフトの入り口からまっすぐリンの顔めがけて飛び込んできた。それを処理しているともう一匹、ボートの底に落ちているトビウオも発見。朝食はたっぷりのシイラと二匹のトビウオという豪華なものになった。シイラの肝臓と心臓はレモンジュースに漬けた。その朝はみんな食べすぎて動くのも億劫になっていた。

漂流物にくっついてくる性癖のあるシイラはボートから見ていると優雅な動きをする美しい魚だった。しかしライフラフトの底をかなり激しくつっつつくという非常にいらいらする行動をする。あるときドゥガルはその動きを観察しながらシイラ釣りに挑んだ。何度も失敗しているうちにある程度針にかかったら水面近くまでひきあげてタオルを使って手で掴んでしまう、という非常に原始的な方法で見事にそれをしとめてしまった。以来、シイラが底をつついてくるとドゥガルの反撃、という決闘のようなタタカイが日常的になった。

六月二十一日。漂流七日目。ライフラフトのフワフワした底をつつく、いつものシイラとは違う感触があった。入り口のところから覗くと大きなウミガメが首をもたげ、鋭いくちばしの上に飛び出した目でまばたきもせずこちらを観察していた。

「前日までのわたしならばきっと、『放っておけ。こいつは手に負えない』とでもいったことだろう。だが、いまや事情は違っていた。『こいつは頂きだ。ディンギーに引っ張り上げるとしよう』とわたしは言った」

ドゥガルはその日の手記にそう書いている。カメの足がシーアンカーをつなぐロープにからまっていたのをほどき、別のロープを後ろ足にからませみんなで引き上げた。

この大きなウミガメの解体にはドゥガルがむかしやっていた農園での経験が多少役にたったようだ。以前ブタや羊の食肉解体を手伝ったことがあったのだ。

まず右手のナイフで脊柱に達するまで首を深くえぐり、素早く左右に動かして動脈と静脈を切断した。どす黒い血が吹き出し頭も足もやがて動かなくなった。

ナイフの刃は次第に鈍くなっていったので腹の甲羅をはずすのに一時間半ほどもかかり、やっとのことで肉の部分をとりだした。全体の二五パーセントから三〇パーセントしかなかった。リンがカメの肝臓は毒だと聞いたことがある、というのでほかの場所を探った。そしてある部位で卵がぎっしり百個ほども詰まっているのを見つけた。みんなまだ食べたことのない捕獲物に目を見張った。かれらの語るウミガメの肉の味は「思ったよりもやわらかく見た目に感じたほどの違和感はなかった」というものだった。卵は口にいれてプチンと潰すと濃厚な味がねっとりと口いっぱいにひろがった。

「こんな生の食べ物の味がわかるというのも、飢えているからこそだろう」

そんな風景を見ながら責任感のあるリーダー、父親のドゥガルはその感想を手記にしるしている。

残った肉はボートのロープに吊るして干し肉にすることにした。シイラの干し肉もある。その日以降、かれらの漂流には定期的に雄、雌、子供のウミガメが寄ってくるようになり、その捕獲、解体、そして楽しみな新鮮なカメ肉の晩餐、という流れに慣れていき、生きる希望にもなっていったようだ。

漂流九日目になると海から捕獲できるもの以外の食品はあとふたつ残っていたタマネギ、ほんの少しのビスケット程度になってしまった。リンはカメの卵一ダースほどと水一カップ、ブドウ糖と乾燥イーストを少量まぜたカクテルをつくり栄養補給のための工夫をした。

彼らの漂流にも常にサメがまとわりついていた。大きなサメに子供たちは最初は怯えていたが、やがて毎日の風景となっているので慣れていった。

そして先のベイリー夫妻のように、彼らもあるとき小さなサメがすぐ近くを行ったり来たりしているのに気がつき、それを捕らえることを考える。

ドゥガルがトビウオを餌にして小さなサメを捕獲する作戦だ。針がサメの口にかかったら慎重にボートまで引き寄せ、船ばた近くまできたらパドルを噛ませて頭を落とそう、というこれも原始的な作戦だった。結果は一・五メートルほどのちょうどいいサイズのサメの捕獲に成功するのである。

ぼくがこの漂流記でもっとも衝撃的かつ感動したことといったら、みんなの体調を管理しているもと助産婦のリンが、採取したけれど飲料には難しい水を使ってみんなに浣腸をするエピソードだった。

飲めない水ならば浣腸して腸から水分を吸収させよう、という発想だった。彼らの乏しい備品のなかにある空気注入用の（ほら、現代の日本にある家庭用の子供プールで使うような）簡易ポンプで肛門から空気ではなく口からは飲めない水を体内に注入する、という応用対処をする。

それは素晴らしい発想と行動だった。この処置をしてしばらくしてからドゥガルに異変がおきた。なんと彼は漂流二十六日ぶりに便意をもよおしたのだ。排便後一時間ほどは体が震えて何もできないくらいだったが、かれはその後、体調が完全によくなったようだ。

もうひとつ、最後に書いておきたい話がある。むかし読んだときには気がつかなかったのだが、いまこうして両者の漂流記を続けて精読すると気がついたことがある。

ロバートソンファミリーは漂流三十八日目に救出されるのだが、助けてくれた船は日本のマグロ漁船「第一東華丸」であった。この本のカバーにはその救出のときの写真がカラーで出ている。

助けるために身を乗り出している日本人漁師の緑色をしたハラマキがトラさんみたいで素晴らしい。

先の「オーラリン号」の漂流者を救ったのは韓国のマグロ船だった。広大な太平洋でどうしてこんなに近似したエピソードがいくつもちりばめられているのだろうか。このふたつの漂流記の推定航跡が双方に出ているが、驚くほど似ているルートを描いている、ということも付け加えておこう。

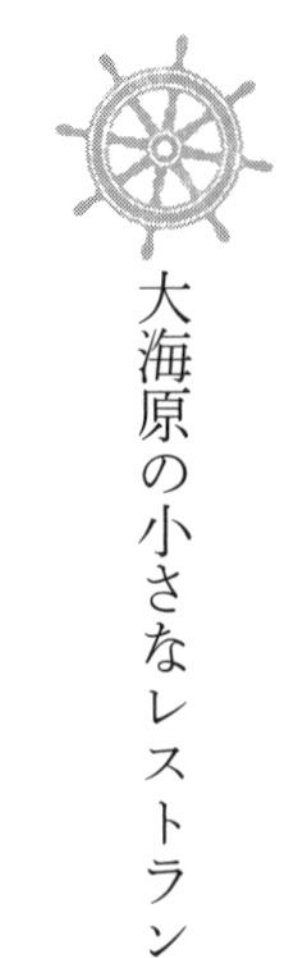

大海原の小さなレストラン

ありえないこと

ヨットにトリマランというスタイル、いや形式ですかね。まあ形態、種類がある。その名のとおり三胴船だ。

以前オーストラリアでその実物を見たことがある。ヨットの左右にかなり大きなアウトリガーがあって一体化している。広い甲板でつながって固定されているので見ただけで安定感がある。

東南アジアのスールー海やインドネシアの近海などで板や竹で作られた漁獲用のカヌーにアウトリガーがついた小舟をよく見るがあれを大型にしたようなものだ。

そのかわり普通のヨットと違って左右に大きくかしいでカーブしたり、稀にあるという大波や強風などによって荒れている海でひっくりかえされたりしたとき、気密になっている船体と大きなキール（底にあるバラスト）によって海のなかで回転して元に戻ってくる、というヨット特有の軽業はできない。けれどそのスタイリングに海面をダイナミックに飛んでいくような飛翔感があってなかなか魅力的だ。

一九八九年、ニュージーランド沖合を「ローズ・ノエル」という船名のトリマランが小さな嵐の夜に航行し、朝方になり嵐もおさまってきたと思った時、突然転覆した。ちょうど、朝食をとりおえた時だった。

船長はジョン・グレニー。乗組員はほかにフィル・ホフマン（出発の二、三週間前にふらりとやってきて船長と顔をあわせたふとっちょのヨットマン）。そしてこのヨットの乗組員募集に応募してきたリック・ヒルレイゲル。しかしリックは船長ジョンが信用できる船長なのか、あけすけに確かめるようなことばかり言っていた。話がまとまるとリックは自分の知り合いであるアメリカ人のコック、ジム・ナレプカを同乗させて欲しいと頼んだ。

行き先は近隣のトンガまでであることからさして緊張感もなくみんなすんなり採用された。

このローズ・ノエル号をめぐるそれまでの出来事、乗組員がきまるまでの人間関係のさまざまなやりとりなどが『奇跡の生還 〈ローズ・ノエル〉号 119日間の漂流』（ジョン・グレニー、

THE SPIRIT OF
ROSE-NOELLE

ジェーン・フェアー著、浪川宏訳、舵社）の三分の一ぐらいにわたって詳しく語られるが、ここでは航海記、漂流記の内容をくわしく紹介していくのが目的ではないのでそのあたりは触れない。

出航して間もなく小さな嵐がやってくるのだがそのときにおきた高波によってこのローズ・ノエルはあっけなく転覆してしまったのだ。トリマランなのに。

三胴船が転覆すると始末が悪い。簡単には転覆しない構造になっているのだからそうなるとひっくりかえったままだ。けれどうつぶせになった船体の中に空気が残っていればその空気が圧力（浮力）となって、ある程度以上は浸水することがなく沈没することもなくなる。ということをジョン船長は説明し、不安で今にもパニックになりそうだったフィルを安心させる。

けれど全体がひっくりかえってしまったのでいままで船底だったところが天井になり、ひっくりかえった船室からはきちんと船にとめられていなかったすべての物がキャビンの水流で舞い、多くは太平洋の海底に落ちていった。

蓋をしていなかった小麦粉やシリアルなどは海水にとけてキャビン全体の視界が悪くなるくらいになっていた。

天井裏のネズミ作戦

テーブルの下やテーブル近くの戸棚には大量の缶詰がしまってあったが、それもどんどん流れていく。粗びきの小麦粉をいれた袋が飛び出しているのを船長は見ていたが、決心して水の中に捨ててしまった。転覆した直後のクルーはたぶん目の前のことが本当におきているものとは信じられずうまく思考も回転せず体も動かなかったようだ。四人はひっくりかえったトリマランの船底だったところにおいつめられたがそのあたりに適当な浮遊物を集めて大きな棚のようなものを作り、なんとかみんなでやっと横たわれるようなスペースをつくった。そこにありあわせのまだそれほど濡れていないマットや毛布、タオルなどを集めて寝場所をつくった。横たわるとあおむけになった顔の上は二十センチぐらいの空間しかなかった。

その状況は天井裏のネズミの巣にそっくりだった。そこから水没したキャビンを呆然と眺め、クルーのなかで唯一ダイビングのうまいジョン船長が体当たりでキャビンの中のまあ一種の水槽と化した中を泳ぎまわり、とりあえず水にやられていない食物や缶詰、瓶詰類をネズミの巣と化した天井裏の巣に運びこんでいた。

出航して六日目に嵐がおさまったので船底近くに穴をあけて新鮮な空気を吸うために外に出ることにした。船底は滑るはずだから、と外に出るのを怖がっているクルーもいたが、もし滑って海に落ちても〇・二から〇・五ノットぐらいで流されているのだからすぐに這いあがれる、とジョン船長はクルーを元気づけた。

その日の夜、ロングライフミルクで混ぜたマッシュルームスープを束の間落ちついてみんなで飲んだ。その後も、ジョン船長がキャビンの中から拾い上げてくるいろんな食い物をクルーはめいめい勝手に食べていたようだった。大きな波瀾のあとはショックのせいで食欲を無くすか、いきなりいろんなものを食べだすか、人さまざまだったようだ。

そんなわけでしばらくはキャビンの中にしまってある備蓄食料を潜ってとってきては食べる、という本当にネズミみたいな生活が続いた。潜水するのはそういう食品がどこに収納してあるか一番知っているジョン船長の役割になった。他の三人はけっしてジョンの真似はおろか何かを手伝う、ということもしなかった。

一回の食料取りには何度も潜水、浮上を繰り返すのでジョンは最後はたいてい低体温症になって四時間ほども苦しんだ。そのたびに他の三人はジョン船長の体に毛布などをまいてみんなではさみ、つまりおしくらまんじゅうをやって体温の回復につとめた。

そういう食料発掘潜水で得られたものは約一リットル入りのレモネード、セブンアップ、コーラ、牛乳、水、フルーツジュース等だった。まず牛乳、水、フルーツジュースがなくなると、ソフトドリンクに手をつけ始めた。

ここでジョン船長はショッキングな発見をする。ヨットに備蓄してある飲み水百四十リットル入りの大タンク三個がそっくり空っぽになっていたのだ。

原因はすぐにわかった。本来ならひっくりかえっておらずに上下安定していたタンクから給水時の空気抜きのための細いプラスチックの排出弁がついている。しかしヨットがサカサになってしまったことによってその空気抜きのプラスチックホースから水が全部外に出ていってしまったのである。

道具類は落とせば海の底

このあたりから乗船クルーの四人の性格が少しずつ見えてくるようになる。漂流記では乗り合わせたクルーのそれぞれの人間性がよかれあしかれ大きな意味をもって作用してくる。本書は漂流者の「食」についてとにかく話を徹底させるのでそれらのことはあまり詳細には書かないが、フィルという短軀肥満の男は、なにかと不注意だった。つまりしょっちゅう大事なものを海に落としてしまうというドジをやらかすのだが、そのわりには食べる意欲だけは物凄い、ということがあらわになる。

水の備蓄がカラという恐るべき現実がわかってから食料は正確に分量をはかってわける配給管理制になった。

たとえば缶詰ひとつはまず四食分にわけられた。食べるときはボウルにあけられ、手から手へと渡された。そして二サジか三サジを口にする。それが一食分だった。そうなってから四人はいつも何を食べるか、どのくらい食べるかで言い争っていた。

唯一の解決方法は投票であった。そして次第に有効で民主的な方法を開発していった。

そこではまず投票の前に意見の発表が行われた。何を食べるか否か、というときにはフィルは「それを俺に尋ねるのは良くないよ。だって俺の意見は先刻ご承知だろうから」と言った。こうした討論は真剣なものになり、ときには喧嘩腰になったりした。

リックは流動的でありながら、ジョン船長とともにむしろ全体の中庸的な立場をとり、ある日は食べることに反対し、翌日は食べるほうに投票したりしていた。

なぜか賛否同数ということは滅多におきなかった。もしおきた場合は慎重なほうの意見を結論としていった。

頭上のかつてアカ水だまり（このヨットのなかで一番底辺ということ）だったところに食料や生還のために必要と思われる品々を蓄えていった。

ローズ・ノエルの食料は転覆のときに大量に流されてしまったり海水に漬かって食べられないものになってしまったがそれでもまだ缶詰のコーンビーフやサバの水煮、豆料理、ビートの根、スィートコーン、果物、コンデンスミルク、脱脂乳、ココナッツミルクなど貴重な蓄えはかなりあった。

ジョン船長はたびたび新しい食料探索のためにキャビン内を潜水し、まだあけていないロッカーなどからキウイフルーツをとりあえず必要なぶん（四個）をもって浮上してきた。これらはまだ在庫があり、ジョンは全員のビタミン不足を補うための秘密品とした。この寝床から離れたところにあるロッカーはとにかく潜っていかないと回収できないのでジョンの隠し倉庫とするには都合がよかった。

ジョンはそのほかの貯蔵庫からビスケットの箱とか米の缶詰とかジャムの瓶、あるいはリンゴの残りなど、まさにタカラモノを抱えて浮上してきた。

自動集水装置の発明

彼らはこういう漂流で一番大切な水を、これまでの多くの漂流者が悩みながらも集水装置を発明して苦境を脱したように、ローズ・ノエル号でもそれぞれの特技や才覚を駆使していろいろな集水装置を作り上げる。

雨が降っていた日、ジョン船長はヨットの外に出て、プラスチックの板を雨の降るなか、ひざまずいて少し傾斜をつけて縦に持ちそこに伝わってくる雨をフィルと協力して水差しにためた。板を斜めにたててその上を流れる雨をためるという単純な仕掛けだったが雨足が強いとそれでけっこう大量の水を短時間でためることができた。水差しに水がいっぱいになるとリックとジムがカラのボトルに移し替える。こうして雨水をシステム的に四人でため込むチームワークをものにしたのである。

ジョン船長はこのシステムをもっと恒久的な集水装置にできないかと考え、ローズ・ノエルが出発する直前に友人が持ってきてくれたコクピットサンカバーのことを思いだした。

どうもそれからあとの記述ではヨットを知らないぼくにはちょっとわかりにくいのだが、サンカバーとは我々の家で使っているブラインドを大きく頑丈にしたようなものらしい。

これをサカサになって今では甲板となっている船底の上に張りわたせばそこに降る雨を最終的に効率よく取り込めるのではないか、と考えたらしい。

ところがいざその作業を始めようとしたとき、肝心のサンカバーが紛失していることに気づく。誰かが船室内の棚の扉を開けっ放しにしていたようだ。

失敗だったがジョン船長は、その装置ではセットをするときに四人全員がずぶ濡れになってしまう、ということを学びほかの材料に思いをめぐらせた。

ジョン船長は甲板の日除けの部品だった塩ビパイプを思いだした。それを束ねてかれらの居住区の上部となる船底の不格好なマストに何本もくくりつけ、一番上に雨をできるだけ多く集めるために大きな容器をとりつけ、たまった水をどんどんパイプに流していけば常にかぶさってくる海水にあまり影響されず淡水の雨だけを集めることができるだろうと考えたのだ。

フィルとジョンが雨水をためるための集水装置を作り、リックとジムがシロウトづくりのマストの水面上三メートルのところに見事に固定した。そのくらいの高さになれば集水装置にもう波

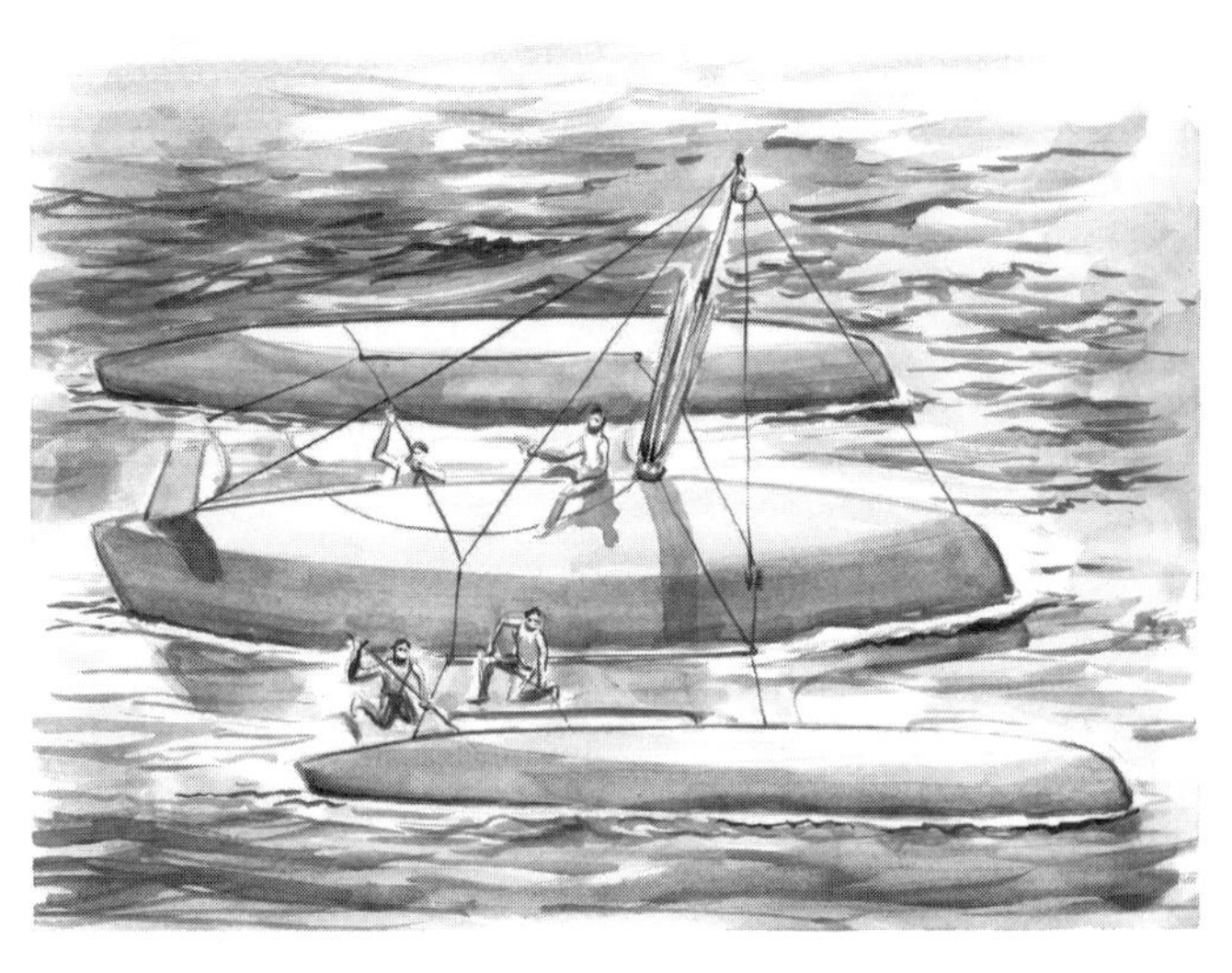

ひっくり返った「ローズ・ノエル」。

も入ってこないだろう。

翌日は雨になった。全員が緊張と期待でその自分たちの発明装置を見つめ、それが効果的に稼働してくれているのを見て皆で喜びあった。

こうして小さな船の自動集水システムは画期的な完成を見たのだった。ただしこの水道システムは雨が降っていないとさして目にみえる活躍はなかった。それも大雨を必要とした。ただしこの初の全員参加の発明仕事の成果は彼らに「結束」のもつ意味と力を初めて認識させたようであった。集水装置の完成を祝ってそれぞれがごほうびに好みのものを飲んでいいことになった。その結果リックとジムはコーヒーを水に溶かし、フィルとジョンはミロを新鮮な雨水に溶いた。

太平洋の釣り堀

ジョンはロッカーにしまってあった釣り道具を発見し、それを持ってきた。というのも数日前から大きなハタ（大きさが一メートルを超えるものもある珊瑚礁などに生息する根魚）が、船の回りを泳いでいるのを見ていたからだ。魚というのは沿岸や珊瑚礁に根づいているものとばかり思っていたが、こういう深い海でもやってくる、ということを知ってから本気で別の大物狙いの魚釣りセットを探していたのである。

ローズ・ノエル号はいまやあちこちにいろんな種類の海草を繁らせ、さまざまな小生物を養っている海洋のちょっとした浮かぶ島のような状態になっているらしい。

早速キャビンのなかでルアー釣りをしたが小さなキングフィッシュがかかったのみだった。そしてこれらのさわぎのうちにフィルはとりわけ大切にしていた釣り道具をうっかり太平洋に落としてしまったのである。そこでみんなは狭いキャビンの中から出てローズ・ノエルの甲板の上で竿をふるうことにした。

甲板とはいっても裏がえっているわけだがヨットの本体とアウトリガーのあいだにおよそ縦二メートル幅一メートルほどの隙間があり、そこに竿を投じるのがいちばん具合がいいようだった。この太平洋にできた池には、釣り竿を入れるよりも魚たちがやってきたのを見据えてフィルが上から直接ギャフを打ち、リックやジムがそれをタモですくいとる、というコンビネーションがうまくいきはじめた。

あるときはいっぺんに四匹のキングフィッシュをつかまえたりした。そういう訓練の末にジムがついにハタをタモで捕まえてしまった。

このよく晴れた太陽の下での確実な漁業は彼らを久しぶりに快活にさせた。

その日の夜はハタの切り身をお酢にしばらく漬けてマリネにし、お酢から出して貴重なココナッツミルクの缶を開けてレモンペッパーの調味料、タマネギのみじん切り、乾燥パセリを加えたいままで味わったどの料理よりもうまい、さながら天国の味わいを楽しんだ。そして彼らは一週間にわたってこの料理を堪能した。

やがてこの狭いプールに彷徨(さまよ)いこんできた魚は釣りよりもタモでそのまますくいあげてしまうほうがてっとり早い、ということがわかり、リックとジムはタモの改良の研究に集中した。

ジョンがもう古くて使いものにならない深鍋をもってくるとその鉄製の把手とタモ網の重たい木製の枠を取り替え、軽くて扱いやすいものに変えてしまった。

ギャフの使い方はフィルがなかなか優れていることがわかってきた。ジョン船長をはじめ他のクルーもフィルが気持ちよくこれから生還までの日々を過ごしてほしい、という思いがあったのでフィルのギャフを〝魔法の杖〟と呼ぶことにした。

そしてフィルがギャフで魚を捕まえれば捕まえるほど彼らは大袈裟に騒ぎ立てた。フィルは今や食料の供給者としてヨットのなかでも大きな生活の目標をもつようになり他の誰よりも多くの時間をそれに費やすようになっていった。

食のローテーション

狭いキャビンの天井裏ネズミ生活から広くて明るい甲板の上に出て、クルー全員で沢山の魚を捕獲できるようになってからローズ・ノエルの漂流生活はぐっと精気あふれるものになった。

ジムは捕獲した魚をすぐに捌き、ビネガーの中に漬ける用意をし、中落ちの部分は別のプラスチックの入れ物で、内臓はインスタントコーヒーの蓋つきの瓶のなかでそれぞれマリネにした。

あるとき大きなキングフィッシュがかかり、その胃袋の中に半分消化された小魚を見つけた。ニシンのような魚であったが、皮は剝がれ落ち、身も白く変わっていた。それを食べてみたら物凄くおいしかった。魚がたくさん集まったときには、皆、作業甲板の上で十二時間働きづめに働いた。良い日には五十センチを超えるものも含めて六匹も捕まえることができ、悪い日には何時間もやって漁獲ゼロなどということもあった。

もし一匹だけしか捕まらないときは魚は八切れに捌かれ、半分はプラスチック容器の中にしまわれて、悪天候が続いて作業甲板に出られない日のためにとっておかれた。

天気のよい日には時々夜まで漁を続け、ジムは暗い甲板で手さぐりで魚を捌き続けた。そして投票でその漁獲を次のときのために蓄えておくか、二度目の夜食として美味しい一口を食べてしまうかを決めた。

生きのいい魚肉はコリコリして美味しくやがて皆の大好物になっていった。

こうした変化のある日は明け方から日没まで続いた。この頃はちょっと変わった味を求めてジョンとジムは船体のいたるところに生えているフジツボを捕獲して生で食べたり夕食の菜に加えたりした。船体から出ている支柱などに生え、太陽に晒されているフジツボは短くて黒い肉茎を持ち強烈なヨードの味がした。

船体の水面下に付着した別種のフジツボも捕獲したが、それらは不透明な肉茎を十五〜二十センチほど生やしていた。そして最後は緑色でネバネバした海藻が軟体動物の上や、日に照らされた作業甲板の上に繁殖しはじめた。ジョンは緑色のものや成長するものはすべて体に良い、という自分なりの理由をつけて片端から食べてしまった。しかしフィルはフジツボをはじめとしてそういう付着成長生物は一切口にしなかった。

火を得た漂流者

「ジムはわずかな材料を使って、高級料理を食べたかのような満足感を皆に抱かせることのできる料理の腕前があり、自然に船の中のチーフコックになっていった。

私たちは日にスプーン1杯分しか食べられない制限を受けていたが、ジムはそれをまるで芸術品のように調理してくれたのである。米は冷たい水に24時間浸し、何が貯蔵食品の中で米と相性が良いかをしきりと確かめながら、その中からティースプーン1〜2杯の炭水化物を加えて食事を作ってくれた。また彼は小麦粉についても持ち前の勘と、調理人としての訓練による想像力から、食器棚の中の調味料を様々に加えて実験を行った。私たちは一口一口にどんな味がしてくるかじっと待ち受ける気持ちで食事をした」（第七章の冒頭部分から引用）

この文章を読んでもわかるようにこの奇異な事故と思いがけない漂流をしてきたローズ・ノエルはようやくある程度秩序だって安定した漂流生活に入ってきたことがわかる。漂流して一カ月がたつ頃ジョンはキャビンの中に潜り、キャベツとカボチャを拾いだしてきた。どちらもずっと海水に漬かっていたものだが生野菜であることにはかわりない。ジムはキャベツを刻んで水で薄めた酢のなかに漬けこんで少量の米を加えた。ジムはそれをカポウスタと呼んだ。カボチャはこまかく切ってビネガー、粒マスタード、ペッパーとガーリックから作ったドレッシングに漬けこんだが二週間後にそれはすばらしい味になっていた。

ジョン船長は、漂流中、深刻な怒りや対立が起きなかったのはジムの努力によるすばらしい料理のおかげだろう、と本書のなかで述懐している。

漂流も長くなると精神が安定してきて普通程度の嵐にもさしたる不安を感じなくなっていった。このローズ・ノエルもある海域をこえる頃は四〜五日おきに襲ってくる大シケに身構えていたが、ジョン船長の観測によってそのまま流れていけば確実に文明社会の陸地に到達する、ということを他のクルーに伝えていた。

ありあまる時間は魚を捕ることでかなりストレス解消に役立っていたが、料理係のジムとしてはなんとかして「火」を得ることが念願だった。

ジョンは潜っていっていろんなものを探索していた折りにステンレス製のバーベキューセットがまだ残っていることを確認していたのでそれを回収してきた。

燃料とマッチはあったが問題は長いこと海水にさらされていたそのセットがきちんと作動してくれるか、ということであった。

甲板の上では風がつよすぎて難しい。そこで後部船室の近くに持っていって試すことになった。ジムは火がついたときに慌てないようにパン生地をつくり、あとは焼くだけの用意をしていた。コンロの火がつき、ジムは大きなフライパンを火の上であたためる。温かいものを食べるなんて漂流始まって以来なのである。

そのときのことを「何ができてくるかへの期待から、唾液腺が刺激されて涎が口中にあふれてきてしまった」とジョン船長は書いている。

「鍋が温まるにつれて油がはじけ、匂いが広がり、待ち焦がれた香りを四人の鼻の穴に送り込んできた」

などというのは漂流記を七十冊ほど読んできたぼくとしては初めてお目にかかる文章である。この初めて熱い料理を食べるときの情景はもしかするとこの沢山の漂流記のクライマックスといっていいかもしれない。

このときにつくられたゴチソーは「熱い揚げパン」である。四人は感動と感涙のなかでこの夢のような一瞬を過ごすのだがそれはまさに本当の一瞬であり、そのあと後部船室は煙に満たされ、そこにいる者はみんな窒息しそうになる。

それ以降、このバーベキューセットは天候のいい日に甲板の上で使う、といういましめを得たのだった。

ジョン船長は以前、キャビンのロッカーから石油ランプを拾ってきていることを思いだした。石油はあるしマッチもある。次はこのランプを復活させようということを思いつく。リックが救命胴衣の紐を切り取って芯をつくりあれやこれやいじくりまわしているうちにその石油ランプも復活させてしまう。

そして今度は余計な煙がでないようにして、そのランプの熱で簡単にできる、しかしやはりうまいアツアツの食い物にありつけるのである。石油ランプはそれを灯しているあいだ二人ほどで下部を押えておくと後部船室の底で使うことができた。火と明かりを得た人類さながら、彼らの生活と欲望はずんずん高まっていくのである。

鳥を捕まえそれを食べる

およそ三週間ごとに晴れた。天気のいい日にはボトルに水とお茶の葉をいれ、日当たりのいい場所に転がし太陽の熱であたため石油節約の太陽エネルギー茶を作った。でもそれで作ったお茶は気の抜けたなまぬるい茶の溶液であまりおいしい、というものにはならなかった。

時には外の甲板の池の前に並んでバーベキューセットの上に鍋をおき、風よけのために四人の背中に毛布をかけた。

ジムはそういう日には数時間前になにがしかの水をボトルに入れてイーストと小麦粉、油に砂糖を加えたものを後部船室の枕にくるんで発酵させていた。他の三人はフライパンを温めていた。ジムはパン生地を拳骨や指をつかって捏ね、砂糖の蓄えを長持ちさせるため代わりにレモネードのエッセンスを使ったりしていた。ジムは四ダースの小さなロールパンを焼いた。さらにコンロの上のフライパンが熱いあいだにグレービーソースをつくった。これは蓄えておいて小魚かご飯の上にかけることにしていた。

漂流五十日目にいつものように大きな魚を狙ってジムが釣り竿を出しているとき突然大きな鳥

をつり上げてしまった。その鳥はヨットのそばの海面に居ついてしまったのでジムはなんとなく狙っていたのである。ジョンがそれを見ていてすぐにその珍しい獲物に飛びかかり首をひねろうとしたが近くにくるとかなり大きな鳥で力も強く人間一人の力では対応できなかったのでナイフで首を切って仕留めた。

普通鳥を捌くときは熱湯をかけて羽をむしりやすくするものだが、その日はそういう時間も熱湯をわかす余裕もなかった。食べるところを少しでも多くするためと、調理中に風味を損なわないためにジムは皮を残すように言ったが、あまりに時間がかかり過ぎ、ジョンは皮をそぎ取ることにした。

ジムは醬油、ビネガー、中国風バーベキューソースと水で作ったマリネのなかに鳥肉を漬けた。それを軽く炒めてグレービーと炒飯を作った。

肉はそれほど筋っぽくも生臭くもなくむしろ牛肉の腰肉のようでおいしかった。

ジョンは「あの時の食事が今まで経験した中で最も素晴らしい食事の一つだった」と述懐している。

この海の上の鳥肉料理がきっかけになったのかジムはある日ジョンに言った。もう少しガスがないだろうか。予備のガスボンベはどうなっている?

それはジョンも考えているところだった。ガスボンベはコクピットの縁材の裏側にしばりつけてあった。それを持ってくればいいのだが、長いあいだサカサになって水に漬かっている。これを稼働させるにはちょっとばかり勇気と決断が必要だった。というのもこのボンベは以前からなかなか順調に作動してくれなかった。長いこと水びたしになっている今、レギュレーターがうまく作動しないまま火をつけるとへたをすると爆発し、すでに半分以上壊れているローズ・ノエル号の全体がバラバラになってしまいかねなかった。

けれどジョンはジムの熱心な熱源を求める意欲にまけた。このボンベがあるのを隠していたらえらい目にあう。そしていろいろ試した末にこのガスボンベは快調に豊富な燃えるガスを吹き出した。

豊富な火力が自由に使えるようになると食生活は極楽のようになった。ジョンは起き抜けに温かいカップ一杯の紅茶を飲む、というのが夢だったが、今はそんなこと造作もなかった。主食である魚の食べ方も以前とは違ってきた。以前は捨てていた魚の頭や内臓が今は人気になった。太平洋の真ん中の魚は内臓でさえキャビアのようだった。

魚の頭を二〜三分茹でたものや目玉、骨、鰓までがまったく感動するほどうまく感じるようになった。

そうして漂流生活はいつしか百日を数えるようになった。しかしその頃からジョンはもう間もなく陸地にたどりつくだろう、と計算していた。

彼らは船長の予見した頃、無事ニュージーランドのグレートバリア島に漂着する。その百十九日間にわたる奮戦記はさながらローズ・ノエルという海洋に浮かぶ一軒のレストランの発展成長を見るように、全体の骨格はまさしく「漂流者は何を食べてきたのか」という命題に答えるような展開になっている。

しかし前にも書いたように彼らの食生活の背後には予想外で熾烈な船とのタタカイ、クルーの強烈な個性のぶつかりあいなどが山ほど含まれているのだが、一騒動すぎてなにか新しい食べ物にありつけると、そうしたものはうまくどこかの果てに飛び去ってしまった。

この漂流記は二〇一五年に映画化されている（「アバンダンド　太平洋ディザスター119日」ジョン・レイン監督、ニュージーランド映画）。書名とはちがっていたが転覆したトリマランで四人の男たちがどんなふうにこの長い日々をたたかってきたのかを細部にわたるまで映像で描いている。そしてまた一番最後に、いかに「食」にしがみついて生きてきたか、彼らの真骨頂を表すような彼らしいエピローグがあるのだが、それは読者は知らないほうがいいような滑稽で涙ぐましい帰還のエピソードとなっている。

北の果てで銀色の馬を見た

弱い性能の千石船を造らせる

江戸時代に多くの千石船（せんごくぶね）（弁才船（べざいせん））が漂流した。沢山ある漂流の事例を見ていくとその母港は江戸から西の太平洋沿岸地域が多い。紀伊、伊勢、尾張、三河などである。

大坂や江戸にむけて荷物を運ぶ航路がいくつもあり、当然その回航ルートにもなっていた。南から北にむかう太平洋岸は黒潮が巨大な潮流になっている。黒潮はフィリピンや台湾の東方などを源にして百キロの幅をもって流れている。その層の厚みは季節によって変わるがおおよそ数百メートルというからまさに海のなかの川だ。

伊豆七島の八丈島にいくときはこの黒潮は黒瀬川と呼ばれている。流速二ノット〜五ノットであるから人力だけではいささか手ごわい。八丈島の流人が簡単に島抜けできないわけだ。現代の馬力のある汽船や漁船でこれを越えるときは「黒瀬川をわたる」というようだ。

江戸時代に太平洋側で難破した千石船がその流れにあらがうことができなかった大きな原因が、このすさまじさだ。

江戸時代に沢山の漂流海難事故が続いたのは当時の船の構造にも問題があった。鎖国時代である。日本の船が外国への長い航海に簡単には出られないよう幕府によって数々の設計、建造上の規制がなされていた。

そのひとつは船の大きさへの規制だった。

十八世紀中期の千石船の大きさは長さ約三十メートル、幅約七メートル、最大十五人乗り程度と定められ、積載重量は約百五十トンだった。

構造上の一番大きな問題は荷物を沢山積むために甲板のない船が多かったことらしい。海が荒れたときにいくつもの大波が左右から襲えばたちまち水船になってしまう。甲板らしきものが張られた船もあったが水密性がまるでないので大波の続くシケには無力でやはりすぐに水船になってしまった。

加えて船底に隔壁がないのに積み荷が固定されておらず、船内に水が大量に入り込むと積み荷

勢州若松村
磯吉
三十歳
カムチン掛版（かけはん）
當今女主エカテリナの像
大黒屋光太夫
四十三

が船底を動きまわり、たちまち安定性がなくなって船が破損する、という「図体のわりには実質的に弱い船」だった。

航行能力を見ると順風帆走や沿岸航法しかできなかったので大坂から江戸まで平均で一カ月ほどかかったという。

シケになれば避難港に入って好天待ちが必要だったから大量の荷物をはこぶにはそれなりの不安定な問題が沢山あった。

この頃の千石船の主な遭難、漂流を『日本人漂流記』（川合彦充、文元社）で見ていくと。

一六六八年、尾張知多郡を出た船が漂流。なんといきなりバタン島（フィリピン）に漂着、三人死亡、一人が現地に残り十　人が手作りの船で長崎に帰還。

一六六九年、阿波を出た船はどうした理由か小笠原の母島、八丈島を経由して伊豆半島に帰還。七人のうち一人死亡。このくらい安定性がない、ということがわかってしまった。

一六七二年、伊勢を出た十五人乗りの船が遠州灘で遭難。エトロフ島に漂着。クナシリ、松前を経て江戸に帰還。

一六八四年、伊勢の船が渥美半島沖で遭難。マカオ近くの小島に漂着。十二人全員無事で長崎に帰還。

一七九三年、奥州の若宮丸（わかみやまる）は仙台沖で遭難、漂流。アリューシャン列島に漂着。ロシアで八年間暮らし、イギリス、ブラジル、ハワイ等に寄港して四名が長崎に帰還。これはずいぶんダイナミックな漂流で、現代もこの千石船にちなむ定例集会がひらかれている。法政大学学術機関リポジトリに登録された資料『北米・ハワイ漂流奇談（その1）（その2）』は太平洋を西から東に流された夥しい千石船の記録が納まっていて圧倒される。

一八〇六年、伊豆下田沖で遭難、オアフ島ホノルルに漂着した大坂の稲若丸。のちにマカオ、広州、バタビア（インドネシア）をへて長崎に。八人のうち七人死亡。

一八三二年、尾張知多郡の十四人乗りの船が遠州灘で遭難し十一人死亡。アメリカに漂着。ハワイ、マカオと移送され、他船の漂流者四人とともにアメリカの商船で日本に送還されたが東京湾で砲撃を受け帰国を断念。漂流民はマカオ、上海、香港に居住して通訳などして暮らし一生をおくった。劇的な漂流記だ。

それらの主だった漂着地とそこでの生活、かならずしもすべて順調とはいえない帰還への道、などなど紹介していくと本書一冊分ぐらいの分量があり、千石船はそれぞれの経緯をよく見ていくと状況と運によって極端に結末が違うので詳しく分析をしていくとページはなくなってしまうほどだ。

帆柱を切り倒すことの是非

日本の千石船の難破、漂流、流浪の距離、および範囲、その帰還までをくらべると、断トツに長く、厳しく悲惨な状況のなかを生き抜いた伊勢の白子を母港とする千石船「神昌丸（しんしょうまる）」の漂流記をここでは詳細にとりあげていきたい。

一七八二年に船頭大黒屋光太夫（だいこくやこうだゆう）を頭に総勢十七人で紀伊の徳川家の回米（かいまい）五〇〇石と、江戸の商人に積み送る木綿、薬種、紙、食器類をのせて北上中、駿河湾沖で遭難し漂流した。

この漂流船はアリューシャン列島のアムチトカ島に漂着。その島は殆ど一年の間すさまじく荒れた天候が続き、島中を走り回る烈風、雷などの連続する悪天候によって鉛筆一本ほどの太さの木さえ生えていないと言われていた。

アリューシャン列島はアラスカからカムチャツカのほうに島をつなげているが、アムチトカはその先端のほうにある。アレウト族という先住民が住み、この島にアザラシやラッコの毛皮などを買い付けにくるアメリカの船とロシアの船がたまに訪れるくらいのさいはての島だった。

神昌丸が伊勢の白子を出帆したのは天明二年十二月十三日だった。太平洋側といえども海のコンディションはそれほどよくない。

夜半に駿河湾沖にさしかかった頃、急にシケ模様となり北風が吹きおこり、それに西北の風がぶつかり、ふたつの風がもみ合ううちにしだいに波頭は高くなり、いくつもの小山が次々に襲ってくるような大波に翻弄されたらしい。

日本の大きな船はこうした未曾有の厄介に見舞われたとき、必ず帆柱をへし折り、髪の髻（もとどり）を切って船神様に嵐の平穏を祈願し、最後はおみくじをする。そういうしきたりになっているのだが、帆柱を折ってしまうと船の基本バランスをすべて失いその影響がこの時代の漂流事故の被害を大きくする要因になっていたような気がしてならない。

神昌丸ではこのアムチトカに漂着する前に全身の衰弱により仲間を一人失い、以降、カムチャツカ経由でロシアに渡り、十年の長きにわたって流浪している間に次々と仲間を失っていった。その過程については当然さまざまな葛藤と激しいドラマ、そして国を越えた友情、恨みつらみなどがちりばめられている。そちらのほうの冒険と愛憎の話は数冊の本にまとまっている（拙著『シベリア追跡』集英社文庫、もある）が、ここでは漂流者が生きていくために食べてきたものに話をしぼっていこう。

嵐に襲われていて激しくのたうちまわる船のなかでは水を飲むぐらいが精一杯だったが船内には五〇〇石もの紀州藩の米がある。修羅場のなかでためらう者はいなかった。火はわずかに火鉢の炭があったが全員にわたるほどの粥のようなものは作れなかった。玄米は食べにくいのでわずかの火でふやかして粗末な道具と木で作った杵で餅のようにしたが努力のわりには効果はないようだった。

しかたがないのでこの米を水にいれて木棒で突き、こまかく粉砕して食べる、という苦肉の策がとられた。餅のようなものにはとても遠かったが唯一の栄養と考えたのだろう。しかし歯が悪かったり胃や腸の消化力などの差があって全員のための力にはならなかった。

それより重大なのは真水がたりなくなってきたことだった。これは雨の日にあらゆる入れ物を並べる、ということにもっと早く気づくべき、という反省からはしけにする船内に置いてある伝馬船なども大いに役にたった。米は五〇〇石の積載があると書いたがシケでいつ転覆するかわからないときに重い積み荷と同時にかなりの量を海に捨ててしまっていた。

七月十九日の日暮れどき、一人の水夫が海上に漂う昆布を発見し、陸地に近いことを船内に告げ、志気はおおいに高まった。

その翌日、朝靄のなかでついに島影を発見した。陸が近づいてくると伝馬船に米二俵、薪四、五束、鍋釜、衣服、夜具など乗せて岸にのりつけた。岸には一本の木もはえておらず殺風景な無人島らしいとわかり、一同気落ちした。

けれどしばらくすると島人が十一人ばかり山腹を伝わって磯にやってきた。かれらは皆一様に被髪で髭が短く、赤黒い顔をし、素足で鳥の羽根を織り合わせたようなものを膝が隠れるほど深くまとい、持っている棒の先に雁を四、五羽むすびつけたものをかかげていた。そして彼らはなにごとか話しかけるのだが一向にその言葉はわからなかった。

そのあといろいろなやりとりがあって相手の興味をひきそうなものを与えると、その島に狩りに来ているロシア人を紹介し、彼らの状況などもこちらがわからないなりに精一杯案内してくれた。雨と風が常に吹き荒れているので彼らの住居は崖などを利用した土のなかだった。

やがて漂流者たちに食べ物を持ってきてくれた。

戸板のような食事台のうえに一尺ほどの魚を葉に包んで潮蒸しにしたもの。白酒のような汁を木の器にもり、木製のさじをそえたもの。これは黒百合の根を水で煮て、臼で搗いてやわらかくしたものとわかった。魚はスタチキイといいアイナメの仲間であった。

七人のタンケンタイ

この光太夫らの足跡をできるかぎり追っていこう、という計画をたてていた我々は光太夫らのように千石船に乗ってアリューシャン列島にむかうわけにはいかなかったからアラスカからアプローチした（TBS「シベリア大紀行」一九八五年）。

光太夫らが漂着した頃はアリューシャン列島とはよばずアレウト列島とよばれ、ここからアラスカまですっかりロシア領だった。

一八六七年にロシアはアラスカを七百二十万ドルでアメリカに売った。あまりにもでかい買い物なのでどっちが得をしたのかいまだにわからないような気がするが、当時はこの不毛の北の大地をロシアもアメリカも持て余していた気配がある。

しかしその後一九〇二年頃アラスカから大金鉱が発見されてアメリカの大儲けと言われていたものだ。一九四二年頃のアリューシャン列島は太平洋戦争のただなか。日本の海軍が狙っておりこの列島の西部にあるアッツ島とキスカ島を占領している。

我々は七人チームでアラスカから小型機をチャーターしてアムチトカを目指していた。

一九七〇年代はアメリカがアムチトカで五メガトン（広島型原爆の三百三十倍）というすさまじい規模の地下核実験をおこない、もう島としての存在感など何も持っていなかった気配がある。

我々アムチトカ探検隊の七名はコールドベイという、もう地名からしてやる気のない最果ての氷空港と一年中ブリザードという冗談のようにどうでもいい感じの飛行場の要塞兵舎のようなところから出る飛行機を確保した。十日分の食料とその倍のウイスキーを買い、あとはスパゲティと缶詰がほとんどだった。その頃ぼくはスパゲティとマヨネーズと醤油があればあとはなんにもいらない、というタイドを貫いていたので買い物も簡単だった。いざとなればアザラシを捕まえて食う、という道がある。北極圏のイヌイットの生活を見ていてアザラシのステーキに強い関心があり、できれば自分でさばいてみたかった。

アムチトカには旧日本軍が作った滑走路があるという。それだけの情報で飛行機はとびあがっ

当時、日本の海を渡っていた千石船。

た。

「コールドベイをでたら三層になっているブリザードで何もみえないからその先のエーダックという島に降りることに変更する」と機長は空中にあがって十五分後ぐらいに言った。

「あの機長はさっきおれらのプレハブホテルのバーで見たけどあきらかにバーボン満杯、という顔をしてたぜ」

仲間が言う。「でも機長にはなにもさからえないからなあ」

我々の不安はあたってくる。着陸したのはセイミヤというところだった。目的地に接近しているのか遠ざかってしまったのかおれたちにはまったくわからない。

漂流者のたどりついた島に行くのは現代でも大変なのだ。

結局一時間ぐらいかかって雪と氷が待っている荒涼とした島があらわれた。日本軍が四十年ぐらい前に作った滑走路は上空からみてもかなりアスファルトが上下に波うっているように見える。春のさざ波の海と間違えて降りていくんじゃないよ。

エイヤッと着陸してから滑走路のどこかが陥没したとしてもおれたちはそれでおしまいだ。機長はかなりの低空飛行をして四十年前に作った滑走路を検分しているようだ。地上係員というのがまったくいないのだからすべて降りていくほうの自己責任だ。

ぼくは機長の斜め後ろにいたのだが機長の横顔が汗で光っていた。何回かタッチアンドゴーをやって「もういいや、勝負!」という感じで飛行機は運命をきめて降りていった。いそいで我々のテント、寝袋、食料をおろし、チャーター機はまるでそこでモタモタしていると滑走路全部が陥没してしまう、というような慌ただしさで帰っていった。約束の日にちゃんと来てくれるだろうか。もちろんどちらにも無線機はない。

すぐにテント(冬山用)を張ろうとしたがこの島の風は一定方向から吹いてくることがなく二、四人用のテントを張るのに一時間もかかってしまった。ちょっとしたものを落とすとすぐ突風でどこかにもっていかれてしまう。そのうちテニスボールぐらいはありそうな雹(ひょう)が降ってきた、というより落ちてきた。あたるとあぶない。

三日もするとわかってきたが、この島に天気予報というものがあったらこうなる。

「今日は曇りときどき晴れかと思うとすぐに雨。しかしたちまち回復するがあっという間に雹もしくはデタラメ方向から霰（あられ）五万個。そのうちいきなり快晴だが間もなく豪雨になるでしょう。東西南北の風、風力さまざま」

ガイガーカウンターはジイジイ鳴るが

重くなるので水はまったく持ってこなかった。核実験で島の形が変わり、いままでなかった山のてっぺんに湖ができているという情報があった。雨が多いから沢山の小川が流れている。それを飲むことにしていた。ただし飛行機をアテンドしてくれたアラスカ野郎が言っていた。「当然ながら放射能でジイジイ鳴るところもあるよ」

光太夫の頃にはなかったものだ。そこでめしをつくるために水を汲むときガイガーカウンターで一応計測する。かなり反応があったけれどだからといってどうしていいかわからない。「よおく煮沸すれば大丈夫なんじゃないの」などといって飲んだり料理につかったりしていた。二百年前の漂流民のやり方でいくことにした。

翌日から放射能入りの水筒を持って我々七人は『北槎聞略（ほくさぶんりゃく）』に書かれているらしいところを地形を見ながら調べて歩いた。

クルマというものが一切ない無人島だ。簡単な撮影機材と飲み物を持って行ったが食べ物は入れものがなく、みんな気持のどこかしらでここに着くまでどこかで食い物を売っている店があるんじゃないか、と思っていたようだ。

その日もあいかわらず五分ごとに天気がかわるような一日だったが、湖と湾はあきらかに水面の色が違うのですぐわかった。湾にはアザラシやラッコがのんびり浮かんでいる。このアムチトカにはロシア人がラッコ、アザラシ、トドなどを島人たちにとらせ、煙草や木綿、皮船を作るために用いる牛や馬の皮などと交換、というかたちの貿易をしていた。光太夫はやがてそういうロシア人らと出会うのだがさすが文明国の人なので漂流者に接する態度も親切で、なんとか日本人の帰国に役だてればという働きをしてくれた。しかし言葉が殆どわからないのでそういう親切が本格的に通じるにはまだ時間がかかる。

ロシア人らは光太夫らを倉のなかに泊まらせた。そこには越冬用に蓄えた干し魚、雁、鴨などがたくさん入っていたので、あまりの臭気に耐えがたかったらしい。

アムチトカは歩いて回るにはあまりにも広すぎるので我々探索隊は確実に見ておくべきところをまずはじめに探訪するようにした。

そのひとつはアレウト族の住居だった。これは注意して見ていくと土手の下の斜面などでわりあい簡単に見つかった。洞穴の上に流木を使ったのだろう細い丸太をならべ、その上に蔓性の草などを葺(ふ)いてあったが注意しないと落とし穴のような屋根だった。獣があらしてしまったのか、その中には人の住んでいた跡のようなものはみつからなかった。

神昌丸が難破した場所らしきところも見にいった。岩だらけの小さな岬状のところがあり、その近くに洞穴があった。

『北槎聞略』に興味深い話がある。島に着いてしばらくして光太夫は神昌丸を見にいった。神昌丸は錨を擦りきらせてしまい暗礁に触れ底に穴をあけて船の積み荷の殆どが流失してしまったようだった。光太夫はちからをなくし、疲れてしまって近くの洞穴に身を横たえているとやがて寝てしまった。夕方ちかく、なにやら騒々しい音や声が聞こえる。

なにごとか、と思って覗いてみると水没した船のなかからロシア人が日本酒の樽をみつけてきて、それをみんなで飲んで大騒ぎをしているのだった。その様子をアレウト人も見ていて、自分たちも同じものを、と樽を引っ張りだしてきた。そうしてみんなでそれを急いで呑みはじめたのだがたちまち嘔吐し、ぜいぜい吐きだしている。よく見るとその樽はシケのときにふなべりからはできないので便器がわりに使っていた尿樽だったのである。厳しい毎日が綴られている漂流記だけれどときにこういう笑い話も含まれているとなんだかホッとする。

流木から船を作る

しかしこの想像を絶する気象変化の激しい島も、慣れてしまうと変化というのはそれだけのことで、結局はなんの希望もない打ち捨てられた絶望の島なのであった。我々はたった十日間という短い期間なので毎日あちらこちらに出向いて忙しかったが、それは（何もおきなければ）コールドベイからの迎えの飛行機がやってくることになっているからである。でも必ず迎えの飛行機がやってくるとは実はまだ何の保証もない。

それでも相変わらず「スパゲティのマヨネーズと醤油かけ。コンビーフを添えて」が基本のめしが続いているのだからすまないなあ、と思うようになった。買い物を頼まれたぼくがいまひたすら気にいっているのだから主食はそれだけであとはステーキなどを個人的に焼いている。ぼくはデカナベに毎晩一キロのスパゲティを茹でているだけだった。それを食うと眠くなるまでウイスキーを飲んでおしまい。夕食が単調だからだろうか、夜はあきてしまってウイスキーになるのだった。

光太夫たちはこのなにもない島に四年間いた。そのあいだに七人の乗組員が壊血病などで病死している。この島に漂着する前にすでに一人亡くしているので神昌丸の乗組員は九人になっていた。

光太夫らはときどき流木が独特の潮の流れを作っている湾にでかけている。我々が米軍から貰った地図にセントマカリオウス湾というのがあり、光太夫らが書いた簡単な地図とそこが一致する。

行ってみると本当にそこは夥しい数の立派な流木が漂着していた。光太夫らの神昌丸が漂着してきた方向と一致する。

我々はそこにグイと突き出た岬の先端に行ってケルン（積み上げた石）をつくり「望郷岬」と名付けた。そっちの方向が日本なのだ。しかしそこはやがて「挑み岬」というふうに変えてよぶことになった。

光太夫らが漂着して三年目に、ロシアから来ているニビヂモフらの毛皮買い付け人が故国に帰還する船がやってくることになっていたけれど、この島は果てしなく恐ろしくそして残酷なのであった。ロシアから迎えにきた船は湾内に入ると荒波に翻弄されて転覆。ふたつに割れてしまう。

絶望したニビヂモフはその絶望を怒りに変えて、光太夫らに話をもちかけたらしい。

「セントマカリオウス湾に堆積している夥しい流木を使って新しい船を一緒につくろうではないか。海峡を越えて向かいにあるカムチャツカまで渡ればあとは地続きなので何とでもなる。協力してそこまで脱出しないか」

それは光太夫たちにとっても非常に魅力的な話だった。ロシア人二十五人に光太夫ら日本人漂流民。それに地元のアレウト人も船建造の手伝いに加わってくれた。

『北槎聞略』をベースに書かれた井上靖の『おろしや国酔夢譚』（文春文庫）には、この底無し沼のように鬱屈した島で、光太夫らが漂着以降はじめての希望に満ちて積極的な計画とその仕事ぶりについて邁進するさまをこう書いている。

「ロシア人たちは破船した帆船の船具の収容に取りかかり、日本の漂民たちは潮に半身を埋めたまま腐りつつある神昌丸の船体から古釘を抜きとる作業に取りかかった。そうした仕事が終ると、あとは全員が手分けして周囲七里の島の海岸線を経廻って漂木という漂木を集めた。島には木らしい木はなかったので、船材は専ら漂木に頼る以外仕方なかった」

船の材料集めが終わったのは九月のはじめで、ただちに造船仕事を開始して冬の間は地下の穴蔵住居にもぐっての作業が続けられ、船が竣工に近づいたのは翌年六月のおわりであった――とあるので流木から船造りに要した期間はたっぷり十カ月かかっていたのだ。

『北槎聞略』によると、積載量六〇〇石ほどの船が完成した。ロシア人二十五人、日本人九人が乗船し、ラッコ、アザラシ、トドの皮、食肉としての干した魚、干し雁などを積み込んだ。

あたらしい大地へ

天明七年(一七八七年)七月十八日にアムチトカを出航し、一四〇〇露里を越えて翌八月二十三日、カムチャツカ(の一端)に到着した。五、六十あまりの人家があった。磯辺にはパラッカといって、布でかやのように作った日除けを張ってこの土地に勤務するロシア人の妻子がヤゴデという草の実を採っていた。光太夫は郡官の家に泊めてもらい、他の八人は郡官の書役の家に泊められそれぞれ食物を支給された。到着した夜はチェブチャという干し魚と、白酒のような汁にトラヴァ（草の名。不詳）の実をいれたものを錫の鉢に盛り、食べるためにクマデのようなもの（フォーク）と小刀、大サジを与えてくれた。この二品と麦の焼き餅（パンのこと）はロシア人が日常的に食べるものであった。

宿の老女が朝と夕方に小さな桶をもって牛小屋のなかに入るので不審に思って磯吉が何をしているのかとそっと様子をみると汚い小屋にいる一頭の牛から一升五合ほども乳を絞り取るのを見て「あの白いあまい汁はきたならしいところからとってくる」としきりに言いふらしたのでその後誰も「動物関連のものは何も口にしない」といってそれらはみんな残してしまうようになった。

しかしここに五カ月ほど逗留しているうちに麦粉は食べつくし魚の干物も底をついた。このような食料不足になっているうちに与惣松と勘太郎と藤蔵があいついで股から足まで青黒く腫れあがらせ歯茎が腐って死ぬ病に倒れた。

郡官の属吏は「あなたたちは意味もなく乳や牛肉を食べないが、これから飢饉になっていくのにああいうものを食べて体力をつけないと季節をこえられない」と説教し、それ以降磯吉たちみんなは動物のものも食べるようになった。

五月になり川の氷がなくなるとバキリチイ（蝦夷の方言でコモロ、越後では糸魚、イトヨリダイ）の小魚が川の色が変わってしまうくらい押し寄せてきた。網でとって水煮にして食べると美味なること例えようがなかったという。これらが少なくなると今度はチェブチャという魚が遡行してきた。魚とりは主に女の仕事でこれも網で一日で三、四百尾はすくいあげた。やがてこれが去ると大きな鮭がもみあうように鰭をひからせて遡行してくるのである。

天明八年（一七八八年）六月十五日、光太夫たちはカピタン（下郡官）のチモフェイ・オシーポヴィチ・ホトケーヴィチに連れられてその地をはなれチギリというところにむかった。そのときの船は丸木をくりぬいたものでそこに光太夫ら日本の漂流民と、ロシア人十五人が三、四隻に分乗した。

チギリからオホーツクへはさらに乗船者が増えたので、四〇〇石ほどの帆船になった。しかしこの人数にしては積載食料が足りず、なんとか口にできるのは水ぐらいで一度チェレムチャ（松前ではアイバカマという行者ニンニクに似た植物）の塩漬けだけが出てきたので一同大いに困って、脱走しようかという話が出てくる頃にやっと目的地のオホーツクに着いた。

しかし、この残された六人の日本人漂流者は、これで無事帰還というわけではない。むしろ位置としては日本よりさらに遠のいてしまったのである。これからまだ数年、彼らの帰郷への長く辛い絶望と慟哭、ときおりすらりとかいま見える希望が織りなす闘いがはじまる。

我々はロシアをいく漂流民、とりわけ日本人の殆どの人が体感したことのない零下五〇度六〇度などというシベリア原野への流浪の旅の片鱗をほんの二カ月間だが、生身で体験したのである。

噛む前に歯が凍る

カムチャツカからの船で光太夫らがユーラシア大陸に上陸した地はヤクーツクであった。そこで我々もヤクート自治共和国（当時）の首都ヤクーツクにモスクワから飛行機で行った。イリューシンという独特のキーンという音をたてるジェット旅客機に乗って九時間。驚いたのはシートベルトがない席もあるし自分の席そのものがない（立ちのり、実質的にしゃがみ座りのりの）客が十数人いることであった。

モスクワはマイナス二〇度。ロシア人は今日はナマヌルイ、と言っていた。着陸したヤクーツクの空港はマイナス四八度であった。

同じ地で二百年前にカムチャツカからやってきた大黒屋光太夫をはじめとした日本人漂流民をご苦労さまでした、と心からお迎えする心境だった。

光太夫らがオンボロの手作り船でこのヤクーツクに到着したときと少し季節が違っていたが、当初十七人いた漂流者がここにたどりつくまで次々に死亡し、今は六人しかいない。しかもさきほど書いたように故郷からはさらに遠のき、ロシア政府からの帰国の許しはまだ出ていない。

光太夫の不屈の闘志と努力による日本帰郷へのあらゆる糸口をたどる苦難の十年間はこれからがもっとも内容の濃い血みどろの闘いになるのである。

かれらの想像を絶するようなマイナス五〇度などという原野でのキビツカ（馬橇）による移動や、馬での移動などぼくも凍傷にやられながら闘ってきた。原野での拷問のような生きるために食べる体験で、一番驚いたのは「水をのんだら死ぬ」という地元の人からの本気の注意だった。体のなかにあまりにも冷たいものが入ってくると臓器が持たないらしいのだ。この頃から三十数年後にぼくは同じ場所に行きついたが、やはり水をそのまま飲むと死ぬといわれた。

「嘘だと思ったらやってみろ」

と、いわれた。少し考え、嘘だと思わないからやらない、と答えた。

気温もマイナス五〇度などになると飛んでいる鳥が落ちてくる。人間は空中で口をあけるのが辛くなる。野外食に二度焼きのパンなどあたえられても芯まで凍っているからだろうか持って重たい、ということも驚きだった。重たい野外のパンを食べるには狼の歯が必要だ、とも言われた。でも胃のなかになにか入れないとひたすら体力は落ちていく。このジレンマが辛かった。

その頃、ヤクーツクの外を歩く人は必ず毛皮の外套をつけ皮の帽子を被り、狐の皮の「そこなしぶくろ」と呼ばれるものに両手を差し込んで、鼻から下を覆って歩くのである。こうでもしないと凍傷にかかり、そうなると迅速かつ的確な治療をしないかぎりどうかすると鼻や耳が落ち、頬のあたりがただれ落ちてしまうから用心しろ、といわれた。

『北槎聞略』にはキビツカの寒さのことが書いてある。馬車に客車がないタイプのものでは牙のような向かい風にたちむかわなければならなかった。

それよりは乗っているほうも絶えず体を動かす馬での移動のほうがまだ楽だった。

けれど驚いたのはぼくが乗った馬は間違いなく黒毛だったのだが三十分ほど走らせて小休止するときに降りたら乗っていた馬はまったくの白馬になっていたことだった。馬はいつでもハダカであり、マイナス六〇度でも五〇度でも走ると汗をかく。汗は全身の毛について瞬時に凍る。そうして束の間での変身。夢のような白馬の誕生であった。

こんなふうに極寒のシベリアを二カ月ほどオロオロ動き廻っているうちに光太夫の残していった一冊のノートを見せてもらった。

光太夫はもうロシア語はなんでも理解し、なんでも書けていた。あちこちに「憎むべきはベッボロドコ」という日本語の怒りのこもったなぐり書きがいくつもある。この悪徳の政治家がペートルボルグにいるエカテリーナに帰国嘆願にいかせて下さい、という光太夫の請願をことごとく闇でつぶしていたのだった。

それから別のページにもっと優しい筆致でひっそりと「おしま」という名前がある。勿論これも日本語である。

漂流十年後に光太夫は生き残った磯吉と二人でロシア船で日本に送りとどけられる。

十七人いた乗組員は十三人が壊血病などで死亡。二人がロシア正教に帰依してロシアに残留。

光太夫は帰国後ただちに江戸に留めおかれ、蘭学者、桂川甫周の長い長い時間をかけた、つまりは「調書」をとられての幽閉が続き、その後、一時帰郷した。

文政十一年（一八二八年）四月。光太夫は御薬園にて死去。享年七十八歳。

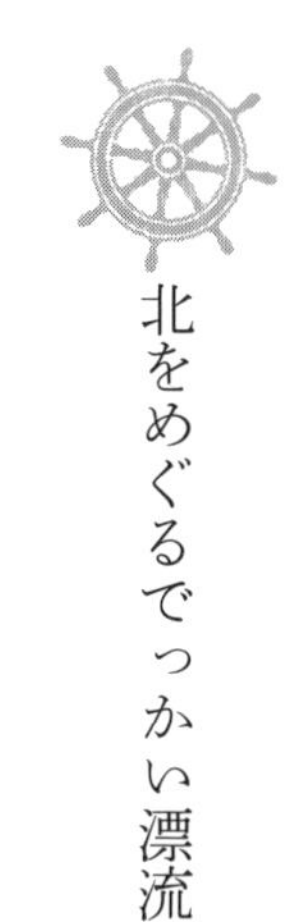

北をめぐるでっかい漂流

氷の海峡、驚嘆の変化

二〇〇五年にアメリカ（アラスカ）、カナダ、ロシアの北極圏への取材に出た。季節は微妙に違ってアメリカとロシアは厳寒期。カナダは春をむかえる頃だった。

アラスカの一番北部になるポイントバローは小さな村が冬季閉鎖されて無人。ブリザードが凍結した海氷そして陸の上をすさまじいうなりをあげて突っ走り、海は全体が白い雪の嵐のなかにあった。シロクマがどこにひそんでいるかわからないのであまり長くはいられなかった。

ロシアはユーラシア大陸の一番東のはずれ、チュコト半島のノヴォ・チャプリノというネイテイブ（ユピック）が二百人ほど住む村に滞在した。こんなところまで来た日本人はあんたで三人目だ、と言われた。そうだろうなあ、と思った。

凍結した海が村の前にひろがっており、人々は海氷が延びて白い陸のようになったギリギリのところまで行ってアザラシを捕りそれを食べていた。もちろん生食だ。小さな湾なので海氷がぎっしり張り詰めているから日本でのワカサギ釣りを巨大にしたような穴をあけ、ヤツデの先端だけに紐をつけたようなものを海底におとして上手にかきまわし、カタマリ状になったホヤ（アカボヤ、日本のマボヤより大きく表面がツルツルしている）をひっかけては氷上まで引き上げていた。ホヤも生食。日本以外でホヤを生で食べている人々をはじめて見た。

カナダではバフィン島の北部先端のあたりに一カ月ほどいた。春をむかえつつある季節なので目の前の海峡には巨大な氷山がいくつか。そのまわりは氷盤とよばれている全体が平らな氷が浮かんでいたが、日を追うにしたがってそこには亀裂がはしり、分離して青黒い海面があちこちに見えてきていた。

北極の氷の予想もつかない動きの凄さに呆然としたのは、それらの氷が一夜のうちに消えてしまい、十階建てのビルぐらいのスケールの氷山だけがいくつか置き去りにされたように海峡のところどころに浮かんでいるのを見たときだった。

氷山が海面から姿を出しているのは全体の一〇パーセント程度というから地上十階建てビルぐ

パパーニンの
北極漂流日記
氷盤上の生活
イ・デ・パパーニン著
押手敬訳
東海大学出版会
Ivan Papanin

らいの氷山の、海中にある本体の大きさはいったいどのくらいになるのか。距離感が混乱し、海中のなかまで含めた全体のスケールが感覚的にうまくつかめなかった。

さらに一夜のうちにどこかに流れていってしまった氷盤も、海面からだけでも二メートルほどの高さがあるので海の中の本体を足した全体の厚みは十メートルを下らないようだ。

そういう巨大なものが分裂したことによって一夜のうちにそれらの全部が海峡から去ってしまう、というスケールの大きな移動も、しばらくは現実のこととは思えなかった。

けれどその翌日の朝、岬から海峡を見てドギモを抜かれたのは、海峡にはまた氷盤がそっくり戻ってきていて、氷山をびっしり囲み、数日前と同じ状態になっていることだった。岬の突端にポンドインレットという村があり、そこには四百人ぐらいのイヌイットが住んでいる。

さっそく村の差配のような人に海峡のその猛烈な激変ぶりについて話を聞いたが、彼はこともなげに、季節が変わっていくときの氷の海峡の勝手きままな激変ぶりは毎年繰り返されることだ、と話していた。彼らにとってどうでもいいお馴染みの風景、ということなのだろう。

北極圏の国々はどこもそういう氷の突然の分離や突然の再氷結が繰り返されてじわじわと季節の変化に順応している、ということらしい。

このとき、北極圏の三つの国で、春先にちぎれた氷盤に乗って人や動物（シロクマなど）がときおり流される、という話を聞いた。氷は海流と温度と風によってきままに流れていくので、稀に小さな子がそのまま沖に流されてしまい、行方不明になることがあるという。

こういう氷盤に乗って流されてきたシロクマなどは危険を察知すると氷盤から離れて泳いでいって危険を回避することができるが、人間の子供の場合はそうはいかない。三つの北極圏で聞いた話では、そのあとは流された子の運と毎日動いている海流、そして北極圏の変わりやすい天候の組み合わせで決まる、という話だった。

計画的漂流、北極一号

今回検証する漂流はとてつもなく巨大なシロモノだ。旧ソビエトの北極研究家、イ・デ・パパーニンが一九三七年から三八年にかけて四人のチームで漂流した記録『パパーニンの北極漂流日記　氷盤上の生活』(イ・デ・パパーニン著、押手敬訳、東海大学出版会)をテキストにする。

最初にある「ソビエトにとって北極海は〝おもて玄関〟といってもいい重要な位置にある」という記述に触れてわがなまくら思考を衝かれた気持になった。

なるほど同書のトビラにある北極海を中心にした地図をみるとそのことがよくわかってくる。この海域はソビエトやアメリカにとっては近接したエリアであるからなのだ。冷戦時代にはきわめて重要な位置にあった、ということがよくわかる。

ソビエトは早くから北極点に近いルドルフ島に気象観測基地を設け、そこに飛行機が離着陸できる前線基地を設営した。

気象観測はともかく、そこはアメリカの動静をさぐる重要な情報収集拠点でもあった。

しかしソビエトはそこだけの定点観測地ということではなくもっと広範囲から情報を得られるところはないか、と考えていた。

そこで目をつけたのは北極海に存在する巨大な氷だった。北極海の厳寒期に出現する氷盤の上に観測基地をつくり漂流しながら情報を集め、合わせて北極海の様々な自然を研究する、という途方もないような使命を持って、パパーニンはまず飛行機を使って上空からいくつもの巨大な氷盤をさがした。

季節にもよるが北極海は見わたすかぎり氷盤がびっしり敷きつめられた白くて広大な不毛の〝虚構大陸〟に見えたことだろう。最終的に理想の候補となったのは北極点から約二十キロほど離れているルドルフ島の子午線から少し西、飛行機が離発着できそうな大きな氷盤だった。

しかし観測所をつくり、氷盤の上で生活していくための膨大な器材や漂流生活のための用具や食料などをどう運んだのかということは明確に書かれてはいない。推測するに最初はルドルフ島でそうしてきたように船によって主な器材を運び、とりあえず四人が生活していく基地を設営し、その作業を繰り返していったのではないだろうか。

エスキモーのむかしの住居であった氷のブロックを積み重ねた倉庫づくりの話などは明確に出

てくるし、漂流しているあいだに飛行機の離発着用に氷盤の広くて固い場所を探し、たいらにならしていく話なども出てくる。自然まかせの氷盤の漂流の速度は当初一昼夜に二十キロ以上だったらしい。

気象観測を中心に北極海の知られざる地形、海流、生物生態などの定期観測が早速行われた。

乾燥食品をブリキ缶に密閉

国家戦略がらみの長期にわたる実験漂流だから食料も相当量持ち込まれる。日記によると最初に運びこまれた食料の大半は乾燥食品だった。

全部包装をして、四人で十日分の量を特製のブリキ缶にいれハンダづけしてあった。それぞれの缶にはフレッシュバター、塩漬けにしたイクラ、脂身のベーコン、胸肉、ウィンナーソーセージ、ソフトチーズ、コメ、小麦粉、砂糖漬け、でんぷん、乾パン、干したたまねぎ、乾燥スープ、乾燥ボルシチ、カツレツ、肉とリンゴの粉末、天然のチョコレートと鶏肉の粉末入りチョコレート、木の実のゼリー、ビタミンC入り砂糖菓子、クエン酸、薬味類などが入っていた。缶の重さはおのおの四十四キロだった。

このほか、干したきのこ、フレッシュバター、たまねぎ、にんにく、コニャックをめいめいで持参した。

まだ暖かい季節の頃はまったく水に苦労することはなかったようだ。それは彼らの基地のすぐ前に本物の川（氷盤の上の氷が溶けて川のようになって海におちていく）が流れていてそこから好きなだけ水を汲めたからだ。氷の上で生活することはとにかく厳しいのだろうが、こういう楽しい側面もあって難しいけれどもその光景を思い浮かべてみたりするのは楽しい。

乾燥食品で作った料理の長所は早くできて便利なこと。あまり手間も時間もかけずに温かくておいしいごちそうを手にできること。パパーニンの日記にはそう書かれている。

彼らは自分たちの暮らしている氷盤の厚みを正確には知らなかった。それを調べるには自分たちの氷盤に穴を掘ることとだった。

キャンプ地の近くで調べてみると氷盤の厚さは三メートル十センチだった。それだけあれば問題ないらしい。そして海底までの深さをときどき測っている。詳しい記述はないが、オモリをつけた強靱な紐をたぶんその穴から海底に落として測っていたのだろう。氷盤は動いているので紐も斜めに流されるから完全に正確なものではなかったが、だいたい四千メートル以上だった。

水深を測ったあとその紐を巻き上げるのにかなりの時間がかかっている。記述によると紐をドラムに巻きつけるのに二人交代で一日がかり、という苦労だったようだ。漂流のはじめの頃はこうしたいろいろなことがきわめて「原始的」なのでその情景が目にうかびわかりやすい。

氷山と氷盤、どちらが安全？

話をぼくが見たカナダのポンドインレットの海峡での体験にちょっと戻したい。ぼくはここに「イッカク」を撮影するために行ったのだが、これはながいこと「幻の動物」のひとつとされていた。体長四〜六メートルの小型クジラだが、頭から三メートル前後の槍のような頑丈な「角(ツノ)」が出ていてなかなか魅力的だ。しかし神出鬼没でその生態ははっきりわかっておらず、そもそもなぜそういう角があるのか、ということからしてずっと謎だった。ただ、氷山や氷盤が溶ける頃に七〜八頭の小さな群れをつくってあらわれる、ということが知られていた。

そこでかつて何度かイッカク狩りをしたことのあるイヌイット数人と小型ボートとカヌー三艘に分乗して氷の溶けはじめた海峡に出ていった。まぢかに見る氷盤はかなり活発に動いており、いきなり開いた水路が目に見える速度で頻繁に変化していく。そのためボートはしばしば進んでいく方向を失い、進路や退路もいつのまにか氷盤が接近氷結していてとじこめられる、ということもよくおきた。

さらに頻繁に濃霧に覆われることがあった。これまで冬山などでミルクのような濃霧に閉ざされての停滞は幾度か経験しているが、氷海での濃霧は霧の発生場所のすぐ上にいるからなのか濃度が緻密で常に動いており、同じボートに乗っている人の顔も姿も見えなくなる、という状態になった。矛盾する表現だが「白い闇」というのが相応しいような気がした。ボートはエンジンをとめていたが、無音のなかをどこかに流されている、という体感が不気味だった。

そのときリーダーのイヌイットが「氷がさらに凍結していくとボートが氷に食われることがある」ということを言った。「食われる」という表現が強烈だったが、たぶん氷盤の中にとじこめられる、ということを言ったのだろう、と解釈した。

それから「長時間霧が晴れない場合、あるいは氷に食われてしまった場合、氷の上に移ってそこで寝ることもあるが、氷盤の上で寝るのがいいか氷山に登って寝るのがいいか」などということをリーダーは言った。なかなか霧が晴れず何もすることがなくなって暇にあかせての話らしかった。

そこにくるまで巨大な氷山のそばを通ってきた。氷山の端は海になだらかに落ち込んでいるところがあって、ボートから簡単に移れそうだった。すぐそばで見る十階建てビルくらいの氷山の下部にはちょうどビルのエントランスのような十メートルぐらいの高さの平らなスペースがあった。

ぼくは、リーダーにその回答を求められたわけではなかったが、さて自分はどちらを選ぶだろうか、ということを考えた。

あちこち亀裂ができて分断しつつある氷盤は表面がたいらでテントなどたてやすそうだったが、

亀裂がどんどん進むと氷盤は次々に分離していく危険があった。テントを張って寝ているうちに上半身の部分と下半身の部分の境界あたりで分離してしまったら自分はどうなるだろうか、という恐怖があった。だからどっしり安定している氷山のほうがいい、と自分なりの判断をした。

ところが、イヌイットのリーダーは言う。春になりつつある海流の不安定な時期は、何の前触れもなく氷山はいきなり回転することがある。いままで海上だったところがいきなり十階ほどの深さの海中につれていかれてしまうのだ。

バーで大きなグラスに入れてあるウイスキーの水割りの氷のブロックがあっけなく回転しているところが目に浮かんだ。

イヌイットのリーダーの意見は氷盤の亀裂におちたとき、すぐにまた閉じてしまうようなことがないかぎり巨大な氷山での一泊よりも安全、というものだった。

とはいえ一人でいるとき割れた氷盤の断面が垂直に近い場合、どうやったら氷の上に戻れるのだろうか、という不安はまだあった。

氷盤の上の池をボートで移動する

パパーニンら四人の暮らしている氷盤に飛行場の候補地が見つかった。飛行機は車輪ではなく巨大なスキーをつけて離発着するらしい。明確に書いてはいないのだが滑走路は二千メートルから四千メートルは必要らしい。

氷盤に亀裂があったり着陸の刺激によってそこから分離する、という予測の難しい問題が浮かんでくる。

また滑走するスキーの安全性（氷の上に雪が厚く積もっている、という不安定な条件）のほかに滑走路のある氷盤そのものが常に動いている、という、それぞれ不安定な問題はいずれも自然条件まかせなのだろうか。

六月十一日の日記。最初の十七日間の平均漂流速度は一昼夜に六・七キロだった。

朝食は一人に三本のソーセージ。イクラとお茶。

六月二十九日、生活しているテントのそばに氷をブロック状にして冷蔵庫を作ってあるがそれよりも頑強で大きな冷蔵庫を作り、そこに前の冷蔵庫に入れてあった豚肉を掘り出して小さな塊に切ってならべた。重さ四十キロもある鱒も掘り起こし、数をかぞえ内臓をとって塩をふりこれも新しい冷蔵庫におさめた。

七月に入ると北極海も夏になる。大西洋の海水が彼らの漂流する氷盤まで流れ込んできて温度があがってくる。台所テントのまわりの雪や氷が溶けてテントや床を襲い浸水被害にあう。台所テントのそばの食料一時保存場所が崩壊し、再建に労力をつかう。ハンダで封印してある缶のひとつが石油臭いことがわかる。中に入っていた乾パンがその被害にあった。けれど多少の石油臭さは我慢して食べる。やがて気温はついにプラス〇・五度になった。

一号貯蔵庫が水につかってしまった。肉や砂糖の缶などが散乱している。これを整理し、あたらしい貯蔵庫に収める。葱とニンニクの入っている箱を発見。これらは壊血病の立派な予防薬だ。

温度がさらにあがってくるとあたりの氷が溶け、氷盤の上の凹んだところに水が溜まり、その水かさがどんどん増えて氷盤の上に大きな池ができてしまった。氷盤の高いところに作ってあった食料貯蔵庫が池の中央に取り残されている。そこに行くには小さなボートを使うしかなかった。その貯蔵庫のある氷の小山が氷盤で一番高いところなのだ。

池には小さな氷が沢山浮かんでいる。ボートはちょっとした砕氷船のようにそれらを砕いて進むしかなかった。

漂流している大きな氷盤の上をいくボート、というのはちょっと想像するだけで傑作な風景だ。これで食料をとりに行ったボートが転覆して漂流、などということになると「二重漂流」ということになるのだろうか。

シロクマのステーキ

夏は氷盤にとって気をつけなければならない季節だ。カナダのイッカク狩りのところで少し触れたように、たいらでいかにも穏やかな風景をみせる氷盤に突然クラック（割れる筋）が走り、氷盤が分離してしまう危険があるのだ。夏は去りつつあり、氷盤の人々はいよいよ本格的な飛行場の整備の仕事にかかりはじめた。

再び日記に戻ろう。

九月になり氷盤の割れ目が目立つようになった。膨大な圧力によって亀裂が割れ目になる。氷盤のあちこちで亀裂ができ知らぬ間に分離して流されているようだ。

「九月一日　（中略）氷盤の見回り中に新しい氷の小山が見つかった。夜間に、またいくらか氷の圧迫があったらしい。割れ目がこっちに伸びて来た。私たちが住んでいる氷盤は、ずっと小さくなってしまった。

現在、割れ目からキャンプはわずか一二〇メートルの所にあるが、このことに特に不安は感じていない。（中略）

風はすっかりおさまったが、そのかわり再び濃い、見とおしのきかない霧が私たちを包んだ。

（以下略）」

もう完全な厳寒の季節になっている。

「十月四日　（中略）氷湖（著者注：例の氷盤の上の池）のまわりをぐるっと歩いた。それは、一時間ごとに大きくなるように見える。幅は、所によってもう五〇〇メートルに達している。この氷湖に、薄く新しい氷が張っているのに気づいた。寒さがもっとひどくなったら、新しい固い氷盤

パパーニンは北極海に漂流する氷島で何度も科学観測を行った。

ができよう。それは、飛行機のいい着陸場になるだろう。（以下略）」

十月七日　また本格的な厳寒の季節になっていた。日によって強い風がふきつのる。屋根にも雪を積み重ねた。断然快適な温度上昇がみられた。

氷盤が南下してくるにつれて氷盤にアザラシやシロクマがあらわれるようになった。みんな生々しいステーキを欲していたが、獲物は銃の射程には遠すぎるのか撃っても命中しなかった。

十一月六日　すばらしい料理をならべた。燻製のハム、チーズ、イクラ、バター、タルト、コンデンスミルク、砂糖菓子、果実酒で作った鍋。

十二月七日　今日はじめてじゃがいものピューレー（スープ）を食べた。わたしたちのじゃがいもは乾燥したものばかりで、長いあいだ煮なければならないから、こんな料理はこれまで作ったことがなかったのである。じゃがいもをつぶして粉にし、ミルクに溶かしてバターをいれた。

十二月三十一日　大みそかの夜を迎えて塩漬けのイクラの缶をひらき、ウィンナーソーセージ、燻製の胸肉、チーズ、くるみ、チョコレート、砂糖菓子ミーシカを一人に二十五枚ずつ分配した。昼食にコニャックを二杯のんだ。しまっておいたなかからきゅうりを出した。それはボロギレみたいにやわらかだった。すっかり傷んでしまったのだろう。しかしわたしたちにはこのきゅうりはとてもおいしく思われた。

一月五日　実をいうと粉末食や乾燥食品にはもうまったくうんざりしていた。チームの一人はソーセージをはさんだ白いパンなら十個は食べられる、と言っている。

一月九日　お茶をいれ、卵焼を作った。みんな腹いっぱい食べた。もっとも粉末で作った卵焼きはもうそんなに喜んで食べられない。飽きてしまった。といってどうしようもない。

一月十一日　昼食のしたくをした。一皿目は大麦のスープ、二皿目はそばがゆ、三皿目はキセーリ。

二月八日のあらしが去った後だった。クマの親子三匹があらわれた。射程に入ってきたので三匹とも仕留めた。これが九カ月間の漂流ではじめて成功した狩りだった。当然ながらそれから肉がひとかけらも無くなるまでみんな腹を満たした。

巨大な氷盤の上に乗って漂流した距離は二千五百キロ以上。二百七十四日間になっていた。

巨大な氷盤にくっついて

一九三八年、このパパーニンのスケールの大きな氷盤漂流と同時期のことである。第三次高緯度探検のためにデ・ロング島に出発することになっていたソビエトの砕氷船セドフ号の漂流について見ていこう。『北氷洋漂流記』、記録しているのはバデーギン船長である（井上満訳、河出書房）。

ここでは前掲書と異なって広くはりつめた海氷で一平方カイリ以上のものを「氷野」、それより規模の大きなものを「氷原」と呼んでいる。

この漂流記の中心になるセドフ号は他のソビエトの砕氷船とともに出航準備をしていたが、天候的な問題や遭難した僚船の救助などへの対応のため滞在が長引き、自身も舵その他を損傷して出航のタイミングを失い、一年間の越冬を余儀なくされていた。

そのあいだいろいろ複雑ないきさつがあり、一時期はソビエトの三隻の砕氷船がひとつの氷原に集まって、探検船団をつくっていた。やがてそのうちの二隻が帰還し、舵を故障しているセドフ号のみがよりそっている氷原とともに漂流を継続し、二年目の越冬に踏み切ることになった。その後半部分について語っていきたい。

二年目の越冬に挑むのは十五人だった。去っていく僚船二隻からは油の樽、ジャガイモ、コメ、タ鯡（にしん）の缶詰、ココア、ソーセージ、チーズ、菓子、チョコレート、牛肉、レモン、エンドウ豆、バコなどが提供された。

乗組員らは僚船が去ると氷原への接舷に都合のいいところを探したが、舵がきかないので小まわりが利かず接岸が難しい。その作業をやっているとクマが氷原にやってきたのでそれを捕獲し、新たな肉の確保に成功した。

氷原と接しているメリットは孤船でふらついているよりは大きいのかもしれなかった。氷原に備品のいくつかを下ろし、氷の上の測候所などを設営した。セドフ号と結びついて北極海を漂流している氷原にある広場は長さ七百メートル、幅五百五十メートルあった。全体はたいらだが一カ所に高さ約四メートルの古い氷山が残っている。氷山と氷原がだいぶ以前に衝突、融合したものか、と思ったがそういう記述はなかった。

それ以降、何度か巨大で強烈な嵐に襲われる。氷濤（ひょうとう）という言葉が出てくる。それはセドフ号と氷原にとって凄まじい騒乱となった。

いくつかのそういう苦闘をへて、ごくありふれた日に氷原のテントの測候所にいる乗組員からセドフ号にいる船長に緊急の連絡があった。

「測候所のテントのかたわらに亀裂ができました」

船長がそこにいくあいだに亀裂は三メートルの幅にひろがっていて、テントは亀裂の端からわずか半メートルのところにあった。亀裂の下からもうもうと湯気があがり、対応は緊急を要していた。

このエピソードは冒頭のあたりでぼくがカナダのイヌイットと交わした「どこで寝るか」の回答のひとつを示してくれたような気がする。

割れた亀裂の底のほうからもうもうと湯気があがっている、という表現はかつてぼくが冬のシベリアの旅のときにイルクーツクで見た不思議な光景を思いおこさせた。

町を流れるアンガラ川がまるで温泉の川のように川面いっぱいに湯気をあげているのを見て呆然とした記憶がある。アンガラ川の場合はそこから少し手前のところにダムがあってダムの下の方から放流している水との温度差によるものだった。アンガラ川の水温は氷点下よりは一〜二度上なのであたりの空気はマイナス四〇度ほどだった。でその温度差で湯気をあげている、という説明を聞いてなんとか納得したものだ。

氷原とくっついたセドフ号の漂流記には食に関する記述が少ない。漂流生活のための整備が慌ただしく、毎日同じようなもの（乾燥野菜で作ったボルシチや豚肉と豆の缶詰）を食べていたからだろうか。

船長のバヂーギンもそう考えていたらしくあるとき自分で大量のビスケットを作ることにした。コックに倉庫からメリケン粉数キロ、練乳五缶、乾燥鶏卵一包、ココアと砂糖各一袋を持ってくるようにいいつけた。
「私はまずメリケン粉の山をならし、これに練乳を流し込み、粉末鶏卵や、ココアや砂糖をふりかけ、さらにバターの大きな一塊を足して、それをかき廻した。すると暗褐色のねばっこい糊のようなものができあがった。そこで私は念のためメリケン粉をもう少し加え、この糊を大きな薄物にのばし、それを帯状に切ったり、コップで円形をうちだしたりした。(中略)正一時間後、私たちは炉のなかから、ほんのりと紅い美味そうなビスケットを取出した。そしてその日のお茶のときには、コック君は(乗組員から)漂流以来一度も聞いたことのないほどのお世辞を聞かされた」

六月十日には北緯八六度〇七分九。東経七一度〇〇分に達していた。夏がはじまったのだ。その早々にコウノトリ一羽が捕らえられ、月末には百八十キロの雌のクマが仕留められた。季節が進んでくるとパパーニンのときのように接している氷原の真ん中へんの氷が溶けて長さ百五十メートル、幅六十メートルほどの湖(池?)が誕生した。この水は淡水なので乗組員の大量の洗濯物に役立ったらしい。

アメリカが見つけた島のような漂流物

「T1」「T2」「T3」はアメリカがずっと偵察していた北極海のそれぞれ巨大な〝島〟のよう

に見える漂流する氷盤だ。「Ｔ３」が発見されたのは一九五〇年だった。偵察機がポイントバローからおよそ五百五十キロ、北緯七〇度一〇分、西経一六〇度一〇分にさしかかったとき大きな心臓形をした島をレーダーでとらえた。島のようにみえるが観測しているうちにこれらが少しずつ移動して北極海をそれぞれ大きく回っている、ということがわかった。

Ｔ１は長さ約二十四キロと幅二十九キロの大きさ。一日平均約二キロの速度、Ｔ２は約二十七キロに二十九キロ、一日約一・八キロの速度で移動している漂流島。ともにグァム島よりも大きかった。

Ｔ３は腎臓のような形をしており約七・二キロと十四・五キロ程度の大きさだった。

Ｔ３は五十四週間にわたって定期的に観測され一日約二・四キロの速さで漂流していた。『世界ノンフィクションＶｅｒｉｔà24　南緯90度・浮かぶ氷島Ｔ－３・世界最悪の旅』（ロダールほか著、筑摩書房）にこのＴ３に初上陸し七カ月にわたって漂流探検した話が載っている。

この氷盤はアメリカが軍事情報を得るために上陸、調査したので抄訳ということもあるのだろうが島とともに漂流した人々の生活ぶりなど、とくに「漂流者の食」については殆ど語られていないのが残念だった。途中でＴ１、Ｔ２に草や苔が生えていることにふれているからだろう。

「海面上に氷山が突き出るのは、全体のおよそ九分の一くらいの高さであることから考えて、Ｔ

—3はおよそ六十メートルくらいの厚さはある」
と記述しているのが印象的である。

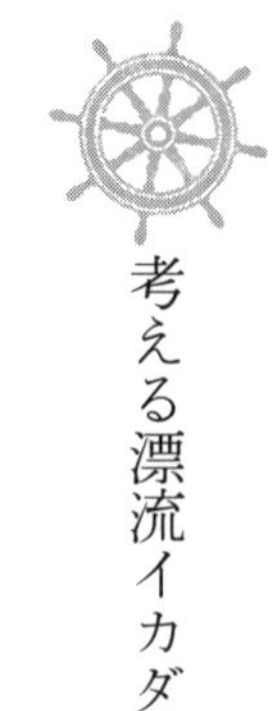

考える漂流イカダ

暮しの手帖

漂流者が一番多く死ぬのは漂流して三日前後だ、と言われている。絶望が激しくて水や食料の算段よりも精神的にまいってしまうからのようだ。

今回とりあげる『大西洋漂流76日間』（スティーヴン・キャラハン著、長辻象平訳、早川書房）の漂流者は襲いかかってくる苦難に事故当初から一人で猛然とたちむかっていく。せまりくる、しかし予測もできない困難に対して思考をめぐらせ対処するのに忙しく、自身の絶望や悲嘆にとらわれている暇がなかった、と言ってもいいかもしれない。これからその具体的な闘争の内容を紹介していくが、何度も読むうちに、これは「漂流者の暮しの手帖」ではないだろうか、と思うようになった。

漂流者スティーヴン・キャラハン三十歳。アメリカ人。ヨットセーリングのベテランだ。キャラハンのヨット「ナポレオン・ソロ号」（昭和のテレビにそんなタイトルのシリーズがあったなあ）はどうやらクジラにぶつかり、ほぼ轟沈したようだ。

沢山のヨットの事故、漂流事件の記事を読んでいると、シャチをふくめた海の大型哺乳類との衝突が原因になっている例がとても多いのがわかる。

キャラハンはまるでそうなることもあり得る、と予想してその対処の方法を何度もシミュレートしていたかのような迅速ぶりで、ヨットからライフラフト（同書ではキャノピーとして多く語られる）を投擲し、そこに漂流生活で必要なものをどんどん放りこんだ。

六人乗りの大型のイカダだった。

底部に大小ふたつのチューブがくみ合わさっており、そこに空気が入って浮かぶ。底と天井がつながっている。

「ソロ」がレースに出走する際のレース委員が「ずいぶん大きな救命イカダですね」と言っていた。

六人乗りのライフラフトを搭載しているヨットは珍しかったからだ。

Adrift
Seventy-six days lost at sea
Steven Callahan

キャラハンは過去に友人二人とヨットの旅に出たが、避難しなければならない事態に追い込まれ、通常ヨットに装備されている四人乗りの救命イカダに乗って難を逃れたことがあった。実際に海洋を漂うようになると四人乗りのイカダは設計者によくある机上計算によって設定されたものらしいとわかった。

キャラハンは実際の遭難体験によってその非人間的な狭さに苦しめられたのだ。たとえば必要な荷物を詰め込んだその中での暮らしぶりは、四人乗りとはいえ三人の人間がむかいあって、たて膝とたて膝が擦れ合うぐらいの狭苦しさにたえなければならなかった。その状態で三日生きる、ということは殆どありえないだろうとキャラハンはその事故から実感している。

「ずいぶん大きな救命イカダですね」

と言ったレース委員に対してキャラハンは「四人乗りのイカダに乗ったことがありますか?」と聞いた。

(本書は主に遭難者の漂流中の食について書いているのでそれ以外の生死にからむ問題はその片鱗しか触れられないと思うが、こういう命がけのサバイバルで何よりも重要なのは自身の体験と、それによる主張、そして断固たる決断であることがよくわかる)

キャラハンのヨットがいよいよ沈んでいくにつれてヨットのなかに固定していなかったいろんな品物が次々に浮かんでくる。

ほかの漂流記ではそれらを手当たり次第に救命イカダにとりこむことが書かれているが、キャラハンはそれとは別のことに集中していた。

まず、あらかじめそういう事態になったときのためのサバイバルキットなどが各種詰め込んである緊急バッグを水没した船内から取り出している。

その中に入っているEPIRB（緊急位置指示無線標識）という装置の有効範囲は四〇〇キロ。七十二時間にわたって作動する。

次にまだ乗り込んで間もない救命イカダの浮力と安定のために全体を取り囲んでいる二本のチューブの状態などの点検をはじめた。そのときの位置はカナリア諸島の西一三〇〇キロ。

生きていくための道具

この救命イカダに最初からついていた装備類は次のとおりだった。ところどころにキャラハンの感想がついている。

・プラスチック製の二枚の蓋がついた缶に入った三リットルの水。あとでこれらの缶は、貯蔵容器として使える。

・短い合板製の櫂二本。（略）サメを追い払うのに使えるだろう。

・手動発射型のパラシュート付き火炎信号二本、手持式赤色火炎信号三本、同橙色煙信号二本。

・スポンジ二個。
・折りたたみ式レーダー反射板。これはポールの頂につけて使うようになっているが、イカダにはポールがない。(略)この装置の有効性は疑問である。
・太陽熱蒸留器二個。
・缶切り二個、最初から壊れていた薬剤カップ一個、船酔薬。
・救急セット。緊急装備袋の収納品のうちで唯一、防水になっている。
・ゴム製の折りたたみ可能なタライ一個。
・ポリプロピレン製、三ミリ径の投げ綱(ヒービング・ライン)三十メートル。
・海図、分度器、鉛筆、消しゴム。
・懐中電灯一本、信号用鏡二枚。
・イカダの補修キット:接着剤、ゴム片、円錐型およびスクリュー型のプラグ。
・釣り道具:帆縫糸一五メートルと中型の釣針一個。
このほかイカダには刃先の鈍いナイフがついていた。イカダがパンクすることがないようにとの配慮だが、このナイフの刃では切れるものが少ないだろう。魚のウロコを落とすのに野球のバットでこするようなものだ。

キャラハンはヨットが沈没していく危険な時間に自前の緊急バッグをイカダの中にほうりこん

でいる。それを用意しておいてほんとうによかったと述懐している。以下はそのリスト。

鉛筆数本と十セント・ストアで売っているメモ用紙の束、プラスチック製の鏡数枚、分度器、シー・ナイフ、ポケット・ナイフ、ステンレス製の調理セット、帆縫糸、釣針数個、コッドライン、四・五ミリ径のひも、ケミカル・ライト棒二本、ドゥガル・ロバートソンの著書『シー・サバイバル』が入ったタッパーウェアの容器。続いていかにもキャラハンらしい考え抜いた品物。
・スペース・ブランケット。すでに取り出して、体を包むのに使っている。輝きを持つ金属フォイルは体温の放散を防ぎ、体にまとうと保温効果がある。
・ビニール袋。
・太陽熱蒸留器。
・松材製の止水用プラグ数個。
・投げ綱三〇メートル。
・ステンレス製のシャックル（U字型の連結金具）各種。
・各種の綱。三ミリ径のもの約三〇メートル、六ミリ径のもの三〇メートル。それからイカダの後方に曳いているマン・オーバーボード・ポールに結びつけている四・五ミリ径の綱二〇メートル。
・EPIRB。

・ベリー式信号ピストル一丁とパラシュート付き火炎信号一二発、赤色星火信号三発。手持式橙色煙信号二本、同赤色火炎信号三本、同白色火炎信号一本。
・プラスチック製の容器に入った飲料水一リットル。
・まな板として使うための厚さ三ミリの合板数枚。
・軸針(ピントル)二個と舵受(ガジョン)二個。これらはヨットの舵の備品である。
・小型水中銃一丁。
・食料を入れた袋。ピーナッツ三〇〇グラム、煎り豆四五〇グラム、コンビーフ三〇〇グラム、水に濡れた干しブドウ三〇〇グラムが入っている。
・小型ストロボ・ライト一台。
このほか、独立気泡の小さなクッションをはじめ、五百グラムのキャベツ一個半、メインスルの端切れ、マン・オーバーボード・ポール、救命胴衣、寝袋、レザー・ナイフを沈没時にヨットから回収していた。

海と太陽から水を得る

漂流四日目にキャラハンは水の新規確保の策に入る。保持していた四リットルの水は必死の緊張のままイカダ避難時に無計画に飲んでしまったために残り約三リットルしかない。一日徹底して切り詰めても二五〇ccは要る。自分が干からびるまで十六日程度か。

そこでキャラハンは緊急袋にいれてイカダに持ち込んだ太陽熱蒸留器を使ってみることにした。海洋遭難のときに使う緊急の水精製装置の仕組みは、基本的に容器にいれた海水の上に黒い集熱のための傘、あるいは覆いをかけて太陽の下に置き、海水を蒸発させてそれを受けて溜める、というもっともシンプルな蒸留装置だ。

キャラハンが用意してきたのは軍の放出品で、海に浮かべて取水するしくみになっている。順調にいけば一日に九〇〇ccの真水を確保できる、と使用説明書には書いてある。

しかし失敗だった。海水しか取水できていない。

それから何度も失敗を繰り返した後、キャラハンは自分で工夫して別の仕組みの太陽熱蒸留装置をこしらえた。

最初に試した装置の失敗の原因は、せっかく淡水が精製されても海面に浮かべているのでどうしても海水が入ってしまうことであった。そこで枕ぐらいの大きさのタッパーウェアの真ん中に空き缶を置きその中に海水をたっぷりしみ込ませた黒い布をいれる。この布が含んだ海水が太陽熱で蒸発し、斜めに固定したタッパーの蓋とビニールの覆いの内側に凝結し、しずくとなってタッパーの底に溜まる、という仕組みだった。海の上に流しておくとどうしても海水が混入してくるが、イカダにしばりつけると少量ながらもみごとに淡水が得られた。漂流十一日目にしての

「自力真水精製装置」だった。

「やった！」

確実性のない雨に頼らずまだ自力で生きていける。この漂流記最初の感動の瞬間だった。

海の犀、モンガラを食べる

キャラハンは漂流してからずっとイカダのまわりに沢山の生物がつきまとっているのをどうするか、ということに思いをめぐらしていた。一番目につくのはシイラとモンガラだった。「海の犀に似ている」とキャラハンはモンガラについて記述している。

最初の一匹を何度も失敗しながらも水中銃でしとめた。海からとらえた最初の食料だった。モンガラの皮は固く、最初のうちは解体に苦労した。まず苦労して皮をはいで三枚にオロシ、苦くて筋の多い肉を苦労して噛みちぎり、呑み込む。それから内臓のうまそうなところを食べる。肝臓がとりわけうまかった。漂流十三日目。はじめて食べるたんぱく質だった。

シイラ数十匹が常にイカダのまわりを華麗に泳ぎまわるのは、イカダの底に繁殖しはじめたエボシガイを食べるためだとわかった。しかしイルカとシイラは面白半分に船のまわりに近寄ってくる性癖がある。それからシイラは大洋を漂っているそこそこ大きな漂流物の下に集まってくる、ということも多い。

ここでいきなり自分の体験を書くのもどうかと思うが、ぼくは一昨日四国の足摺岬沖へシイラ釣りに出ていた。友人が六十~七十センチぐらいのシイラを釣りあげ、それを刺し身と照り焼きにしてその日のうちに食べたが、上品で奥の深い味なのに驚いた。

キャラハンのまわりをとりまいていたのは一メートルから一・八メートルというサイズのシイラだ。水中銃はゴムを動力にして紐付のモリを射出する。シイラはカンのいい魚で、一撃に失敗するとそのあとは射程からひとまわり離れたところに位置を変えて、しかしずっとキャラハンのイカダを追ってくる。シイラには「あそぼうよ」という人間好きの感覚があるのだ。

シイラを獲得、解体する

漂流十三日目、なかなか射程にはいらないくせに、疲弊してキャラハンがイカダの中で寝そべっているとシイラがキャラハンの体を薄いイカダの布ごしにしきりにつつく。耐えていたキャラハンがイカダの出入口から狙いもなにもなく無造作に水中銃を発射した。すると、いきなりドスンという命中の感触があった。そこから先のタタカイはぜひキャラハンの文章を読んでいただきたい。

「シイラをイカダの上に引きあげた。泡と海水と血が、打ちつける尾のまわりにあふれかえる。棍棒に似た形をしたシイラの頭部が、けいれんするようによじれる。シイラの重たい体がのたうちまわるたびに、モリ先がイカダを破らないよう、わたしは渾身の力をふりしぼる。それから魚体に飛びつき、まな板として使っている厚さ三ミリの四角い合板の上に、その頭を押しつけた。大きな丸い目が、わたしの目を見つめる。彼の苦痛がこちらにつたわる。目を押すと魚がマヒする、と本に書いてあったのを思い出した。しかし、獲物の怒りは増すばかりだ。迷った末にナイフを眼窩に刺しこんだが、暴れかたはいっそうひどくなる。もがくシイラは、今にも逃げ出しそうだ。モリ先にも注意しなければならず、同情しているゆとりはない。ナイフを握りしめ、体側に突き刺して押しこむと、背骨が音をたてて分断される感触がつたわった。シイラの体はけいれんし、死とともにその視線は生気を失った。わたしは、うしろに倒れこみながら獲物を見つめた。その体からは、海中にいたときの青さが消えて、銀色に変化していた」

キャラハンも翻訳者もとてもうまい表現をしていて、巨大な海のどこかに浮かぶ狭いイカダのなかでの、生きるものと死にゆくものとの声と音の聞こえないすさまじい闘争が強烈に表現されている。

ここでは始末したシイラの大きさは書かれていないが一メートル以上はあったろうと思われる。肉は二・五センチ角で、長さ十五センチほどの太い棒状に切って食べている。大量の残りには穴をあけイカダの屋根に吊り下げ日乾しにしていく。

日乾しの並んでいるあたりをキャラハンは「食肉店」と呼ぶことにした。たんぱく質を中心にした食事でキャラハンは久々に満腹になり、太陽熱による水の生産も順調だった。

干しブドウの発酵

〝漂流者の食〟について集中的に書いているので、根本的な問題である近くを航行する船に救助を望む炎や煙の信号がまったくつたわらないこと、いよいよ始まったサメの攻撃、常に濡れた状態でいるので体中に湿疹、腫れ物ができているが、太陽熱で乾かすしか治療法がないこと、しかしそれには常にサメの攻撃を考えなければならないこと、などについてここでは触れずに話をすすめているのが、やはり本質をまったく無視しているようで気がとがめる。

とくにこの漂流記で描かれる、キャラハンのイカダ内のかぎられたいくつかの道具や器具などを使っての臨機応変の発明、工夫のあれこれは、他の漂流記にはあまり書かれていない巧みさでとても感動する。それら重要なことについてできるだけ項目だけでも書いておきたい。

さて、食料である。イカダの屋根の上に干してあるシイラやモンガラの肉は乾燥し、皮の下の薄い脂肪膜が太陽の光をうけてかがやいている。シイラの乾燥した肉の外側は青銅色で、味はわずかに塩辛く、ピリッとして上等のソーセージのようだ。

などという記述を読むと、そんな品物が出てくるレストランなどを探したくなるが、大西洋のどこかに漂うその店を探すのは相当に難しそうだ。

こんな午後のおやつもある。

スコールが接近する気配を感じたキャラハンは、イカダの後ろにひきずっているもやい綱をたぐり寄せ、そのロープについているエボシガイをスコールで洗うようにする。同時にタッパーウェアの容器に雨水をため、スコールが去ったあとに雨で洗われたエボシガイを雨水にまぜたスープにする。いくらか歯ごたえのあるスープといった食感になる。

海水に濡れ、ビニール袋にいれた干しブドウ（陸から持ってきた最後の食べ物）は発酵してもとの果実とは似ても似つかない姿になっているが、それはいまやキャラハンの最後の贅沢な食べ物になっている。

壊れては直す

一般的に普通に生きている人は漂流者にはなかなかなれない。漂流者はなりたくてなっているわけではないからまあ当然だ。それからまた不幸にしていざ漂流者になってしまったとしても、その人の性格や考え方、さらに基本的な能力等によって漂流の日々の生活はずいぶん違ったものになるだろう、と思わせるのがこのキャラハンの漂流日記だ。

キャラハンは実に忙しい。急ぐことから大きなこと、小さいけれどほうっておくと問題になりそうなこと。こうしたらもっといい状態になるだろう、と思うこと等々が書かれている。

冒頭で、漂流三日目前後に死亡するケースがもっとも多い、ということを書いたが、漂流という最悪の事故に動転して救難ボートに避難できてもそのショックにふさぎ込み、何もかもやる気をなくしてしまう人と、キャラハンのような性格の人は、海洋のまっただなかで過ごす一日、いや一時間すらずいぶん主観的な時間の長さが違うことになりそうだ。

キャラハンの遭難には次から次へとひっきりなしに問題がおしよせてくる。一番大きな問題は、救命イカダ（ライフラフト）の主要部分であるゴムチューブに穴があいてしまったことだった。

それを迅速かつ確実に修理する用具、用材がない。しかしキャラハンは乏しいながらもイカダの中にあるいろんなものを使って時間はかかったがなんとか修理してしまう。この事故は繰り返し繰り返し、そのスケールや難度を変えてキャラハンに襲いかかってくる。

また殆どシイラが主食になっていったのにそれを捕らえる水中銃のモリ先が使えなくなっていくアクシデントも死活問題だった。

太陽光蒸留器がうまく作動しなかった時に新しいシステムのものを開発したときのように、壊れたモリ先をいろんな代用品で修繕してしまい、とにかく機転をきかせて乗り切っていく。その修繕も天才的なひらめきや発想によってもたらされるので、読者はそれらのなんとか漂流生活を改善していくもろもろのことが、この漂流記の面白さの核になっていることに気がついてくる筈だ。

圧巻はイカダの内部にあった三本の鉛筆を使って六分儀を作ってしまうことだった。もちろん正確さは本物にだいぶ劣るが、それでもある程度、自分の位置を知ることができた。

流れ藻の中の生き物たち

漂流五十三日目に捕獲したモンガラを何時ものように解体し、翌日食べるものをタッパーの中にいれてそのまま寝た夜のことだった。真夜中近くになって目が覚めると、ぶきみな燐光が浮かび、影をおとしていた。

タッパーウェアの容器が光っているのだ。ふたをとってみると、死んだはずの肉が生きて光をはなっている。モンガラが食べるエボシガイに宿る発光プランクトンが、魚肉に入り込んだのにちがいない。顕微鏡的な生物が発光し、死んでからもイカダ内のキャラハンを照らしている。漂流者にしか体験できない神秘的現象で、そのような体験をした人は世界中探してもキャラハンぐらいしかいないだろう。

その日、イカダは流れ藻の大きなかたまりに追いついた。新しいものではなく、はるか東から流れてくるうちに再び新しい芽をふいたもののようだった。

葉の密生した枝を振ると、小さなエビや一センチほどの魚と、黒い体に白い剛毛をもつ毛虫のようなものが沢山ふるいおとされた。毛虫のようなものは以前の航海でキャラハンの友人がじかに触ってえらい騒ぎをおこしたのと同じものだった。モドリ（カエシ）のついたガラス繊維のようなものを打ち込まれたのだ。

それらを海に排除し、さらに海藻をかきわけ小さなカニをさがす。集めたカニは長く苦しませず、また逃げださないように、つまんで甲羅を潰してしまう。カニを殺さずに口にいれると、小さなハサミで頬や舌を口のなかでチクリと挟むことがある。このカニとエビはその夜のデザート用にとっておいた。

その日は夕刻からハリケーンが襲ってきたが、雨の集水装置はできているから至福の飲み水供給であり、さらに濃密な雨で方向を誤ったトビウオが二匹、キャノピーに飛び込んできた。モンガラやシイラとは比べられないおいしい味が得られたのだ。

キャラハンはそのトビウオを食べたあと面白いことをする。トビウオがおいしいとはいえ頭と尾のところはそのまま残す。この頭と尾を直結させて頭の内側に釣り針をしこみ、要するに本物の魚をつかったルアーを作ったのだ。

さっそくその仕掛けを海に流す。本物を使っているのだからさすがにすぐ大きな手応えがあった。それをひきしぼっていったが、ミチイトが獲物の大きさに耐えきれなかったようで、糸をたやすくかみ切って、逃げ去った。

再び水中銃での捕獲にもどり、夕刻に雌のシイラを仕留めた。

すでに慣れた解体。その釣りたての獲物の朝の食事の描写をそのままひいてみよう。

「朝の空は曇っていて、水の蒸留ができないが、わたしの気持はくじけない。キング・コングさえも満たす朝食が用意されている。大きな切り身に、一〇〇グラムの卵、心臓、眼球、それにこそげとった脂、という品ぞろえだ。うまい！」

キャラハンと訳者の表現力によるものが大きいのだろうけれど、こういうのを読むと再び大西洋のレストラン・キャラハンにかけつけたくなるではないか。

漂流していなくても魚の眼球は、望めば日本の各地で食べることができる。沿岸をいくマグロ釣り船に乗って漁師に頼んでおくと簡単に貰える。近海もののメバチマグロなどはその名のとおり体のわりには目玉が大きく、テニスボールぐらいの目玉だけでずしりと重い。外側は極薄のプラスチックのようなものに守られていて、水分に満たされている。これは塩からくない。漂流者には特上の栄養にみちた淡水と感じることとだろう。

その水分を至福のうちに飲み、眼球は丸々口の中に頬張り、少しずつ転がすようにしてまわりから嚙み崩していく。レアもののたんぱく質の玉、という風味で、それと似た感触のものは他に思いあたらない。

別種族のような凶暴シイラ

漂流六十一日目に波間を漂うホンダワラ（海藻）の巨大なかたまりが見えてきた。これは十キロ前後の幅の広い帯状になって水平線の彼方まで続いている。それが数キロごとに続いているのをキャラハンのイカダが横切っていく。キャラハンは通過しながらホンダワラの固まりをイカダの中にとりこみ、その中に住んでいる小さな獲物を捕獲していく。

腰をまげたエビ、ハサミをうちならすカニ、ピチピチ跳ねる小魚といったチビで「おいしい」お馴染みさん。

最初に出会ったホンダワラの長い長い帯の連続にはそんなことはなかったが、次の大群には文明（人間）が放棄した浮遊ゴミを沢山抱えているものが増えてきた。まさに文明の排泄物だ。ゴミだらけのホンダワラをあさる気にならないが、こういうものが現れてくるということは人類が住んでいる場所、大陸棚にいよいよ近づいてきている、ということを示すものだ。一日中続くゴミのハイウェイを横切りながら、狩りを諦めたキャラハンは最初の頃のまだきれいだったホンダワラからみつけた小ガニや小エビを食べながら横たわったまま夜を過ごした。

翌朝になると海は明るい青にもどり、きらきら澄んでいた。

漂流六十五日目。ずっとキャラハンのイカダに寄り添ってきた馴染みの三十匹ほどのシイラは姿を消していた。キャラハンが最初の頃釣ろうとしてみごとにミチイトを嚙み切り、口の端からそのイトを垂らしている奴とか、いつもキャラハンの狙う場所の反対側にいる奴もいる。だいたいのシイラとは互いに顔なじみになっている。そいつらがそろって姿を消している。

　それと代わるように黒一色の体に明るい青の斑点があるあたらしい種類のモンガラの一群がついてきている。遠くに黒い優雅なドルフィンが見える。

　四〜五センチほどの黒い小魚が、大西洋のトパーズ・ブルーときわだった対比をなしてイカダの前方を泳いでいく。

　そういう風景を眺めていると、突然キャラハンの顔に強烈な一撃があった。顎がはずれたのではないかと左右に動かしているうちに今襲ったすさまじく乱暴な奴がはるか先を泳いで消えていくのが見えた。迷彩色をした大きなシイラだった。イカダの下を大きな魚がすさまじい速さで泳いでいく。いよいよ別の海域に入ってきたのだ。

鳥を生け捕りすぐに食べる

　キャラハンは濃い灰色の鳥の姿を見て、キャノピーの陰に隠れた。優雅なとまりかたは陸の鳥をおもわせる。同時にそれは「食べ物」でもあった。

　用心深くキャラハンはイカダの内部を移動し、瞬間技でその鳥の脚を掴むことに成功した。キャノピーの中に取り込むとすぐに首を折る。それからロバートソンの本に、鳥の羽根はいちいち抜くよりも皮ごとはいでしまうほうがやりやすい、と書いてあったことを思いだし、シー・

ナイフを使い両翼と頭部を切り取って皮を慎重にはいでいった。胸の部分は食べられるが量が少ない。肉の味は魚とかわらないが歯ごたえが違う。内臓、骨、筋肉にわけると驚くほど魚と似ている。

その日の夕方になると、それまでキャラハンのイカダのあとについてきていきなり消えてしまった青い馴染みのシイラたちが五十匹ほどまた戻ってきた。

長いあいだ毎日顔をあわせていた連中だからキャラハンは一匹ずつ覚えている。シイラもわかっているようだった。どうしてそのようにキャラハンのイカダを守るように大勢でついてくるのかキャラハンはよくわからない。長いこと護衛のようにして取り囲んでいるかれらを、キャラハンは水中銃でとらえ食べてきているのだ。

遠くにこのあたりがナワバリらしい迷彩色のようなまだらの大きくて乱暴なシイラが泳いでいるのが見える。

それから十日後の夕方、キャラハンは遠くに光るものを見つける。船のあかりだろうと見当をつけた。まだいくらか残っている救助信号をうちあげるには距離がありすぎる。

船がそれに気がつくのはまずないことだ、とそれまでの落胆の経験がわずかな希望をいさめる力になってきているようだ。

そのとき、船にしては移動しない光だ、ということに気がついた。再び全身をかけまわる希望の震え。しかし漁船が漁をしている光なのかもしれない。

そのとき、もうひとつ別の方向からの光が見えた。キャラハンは膝立ちしてそれらの光をさらに目をこらして眺める。

その頃にはイカダの床はぶよぶよになっていて、キャラハンが移動するとその下がそっくりキャラハンの形に沈んでしまう、という始末におえない状態になってきていた。

キャラハンは糠喜びを避け、その日はまだなんとかパイプの中に空気のたまっているイカダの端のほうに行って眠った。

翌朝、あたりが明るくなっている。おそるおそるという気分で外を眺める。

いつもとは違う風景があった。

遠く長い低い雲の下に陸であるあかしの動かない地表が広がっているのがかすかに見える。キャラハンのイカダはその方向にむけて確実に接近していた。

この漂流記は、ここからまだまだ長い話が続いている。沢山のシイラに守られるようにしてキャラハンの半分水没したようなイカダはさらに進んでいく。

南の島はたいてい要塞のような珊瑚礁に囲まれている。水路もわからない状態で接近していくと、島の近くで大きくなる寄せ波によってキャラハンが乗っているようなぶよぶよのイカダはその鋭い岩の要塞にたたきつけられ、夢もからだもそのすべてが粉砕される。

さてどうしたものか。まだキャラハンは油断できない状態になっている。

このキャラハンを助けてくれたのもシイラたちだった。それは感動的な話の展開による。命がけで闘ってきたキャラハンが救われるまでの彼の最後の独白は、自分を救ってくれたシイラたちに向けられる。あまりにも感動的な「ありがとう、わが友よ。ありがとう、さようなら――」の独白には読む者に感動の涙が確実に流れることだろう。

アザラシ、シロクマで生き延びた

傾かずに越冬できるフラム号の賢い船底

極地探検といえばアムンゼンとスコットの名がすぐに浮かぶ。アムンゼン隊は一九一一年十二月に南極に到達し、スコット隊はそれに遅れること約一カ月後の一九一二年一月に同じ極点に到達した。スコットはアムンゼン隊の残したテントの中で、アムンゼンが自分に宛てた手紙を発見する。スコットの落胆はすさまじいものだったろう。その帰路にスコット隊は疲弊と食料不足によって全員死亡する。この対照的な展開は広く知られている。現代に置き換えれば米ソによる宇宙探検レースのように世界中の耳目を集めた大冒険だったのだろう。

一九一四年にはイギリスの探検家アーネスト・シャクルトン率いる探検隊が「エンデュアランス号」に乗り込んで南極点をめざしたが流氷にとじこめられて翌年遭難。漂流したが全員無事に生還している。

北極探検ではアムンゼンよりもスコットよりも早い一八九三年にナンセンを隊長とする探検隊が「フラム号」に乗って極点をめざしたが船がやはり流氷に阻まれて遭難。犬ゾリによって極点をめざした。

北極にしても南極にしてもその頃の探検は帆船によるもので、目的地に接近していくと夥しい流氷にはばまれ、多くはそれらの帆船が氷盤（巨大で厚い浮氷）や氷山などによって閉じ込められ、しだいに動きがとれなくなって遭難していく、という息苦しい経緯をたどっている。

当時の帆船が流氷にとざされるとすさまじい氷の圧力にとじこめられ、そこから脱出しないかぎり帆船が持ちこたえられる保証はなかった。

一八七九年、アメリカの北極探検船「ジャネット号」はウランゲル島の南東で氷にとらわれ、氷結した氷とともに二年間漂流し、最後は新シベリア島の北方で沈没してしまった。

ナンセンの「フラム号」はこうした氷盤にとらわれる不幸を回避するために、四方から迫り来る氷の圧力に耐えられるように船の設計を考慮した。凍結した海によって動けなくなった帆船が氷盤の圧力をうけたとき、氷の圧力をやりすごすように船の底面から側面にかけてなだらかにし

Ernest Shackleton
Kenji

船底を強化している。

簡単に言うと丸みをおびた比較的タイラな船底にした。氷盤が迫ってきてもするりと氷盤の上に船ごとおしあげられるようにしたのだった。そして氷結期がすぎたらまたゆっくり〈無傷〉で海に降りていく、というしくみだった（『フラム号漂流記』フリッチョフ・ナンセン著、加納一郎訳、教育社）。

そうであってもひとたび周囲を氷に囲まれれば同じ場所で越冬するわけで、たえず前に進んでいこうとする探検隊にとって停滞の辛さにはかわりなかった。

ナンセンとその探検隊員は本船の船室で暗く（実際極地の冬は太陽がでないので極夜といわれる）長い一年間を過ごすのは辛かった。閉じ込められた探検家魂はバクハツ寸前になっており、ナンセンは船を降りて突撃隊のような組織をつくることにした。

その頃まだあまり実行されていなかった犬とソリを使った少数精鋭の偵察遠征隊を編成したのだ。

エスキモーから伝授されたように滑走面に海獣の皮を張りつけた六艘のカヤックと犬ゾリを準備した。この小部隊は隊長ナンセンのほか隊員一名。犬二十八頭。荷物は食料と犬の飼料とで重さ九百五十二キロになった。かくて思いつきの突撃隊はフラム号を出て北にむかった。かたちは突撃隊だったが、進んでいくうちにいろんなところに故障が出てきて氷盤の上を進む漂流隊のようになっていった。けれど食事は最初のうちは持ち運んでいる食料のなかから献立をつくる余裕があった。

チョコレート、パン、ペミカン、オートミールか小麦粉とバターと水のお粥、といったものだった。

三カ月ほどすると食料は深刻なくらい乏しくなってきたが、それを救うようにアザラシが現れるようになってきた。氷盤の空気穴から頭を出したところを鉄砲で撃つ。毎回確実に捕獲、というわけにはいかなかったが、銃弾が命中すると氷穴の下の海に沈む前に突進しモリで確保した。「アザラシの肉、肝臓、脂、を使ったスープの朝食をとると目の前が急に明るくなるような気がした。せっかく銃でアザラシに命中させたのにモリで確保するタイミングが悪く、数日分の豪勢な食事が夢と消えることも多かった。しかしちゃんと確保できたときはアザラシの赤肉、脂肉、さらにそのスープという御馳走をものにし、腹に隙間のあるかぎりいつまでもたべほうけた」と記録にある。

アザラシはもともと犬が海に入って適応したものだ。解体すると前ヒレ、後ろのヒレなどは手足の骨が折りたたまれて体の中に入っていて、手首から先、足首から先がそれぞれ体から出てヒレになっているのがよくわかる。

十年ほど前、筆者はアラスカ、カナダ、ロシアの北極地帯を旅したが、そのあたりに住むエスキモー（国によってイヌイット）はみんな例外なくアザラシを主食にしていた。

筆者も何種類かのアザラシを生で食べたが牛や豚などよりも脂が強いけれど歯ごたえのある肉はすぐに慣れ、いかにも栄養になりそうでなかなかうまかった。心臓、肝臓はやわらかく、血や腸の中身などは啜って飲む。

いったんそういうものに慣れてしまうと赤身やロースなどの部位による味の違いがわかるようになった。さらについでの話だが、夏のはじめエスキモーの集落の近くでキャンプしていたとき、貰ったアザラシの肉を焼いていたら近くに住んでいたエスキモーの怖いおばあちゃんにすさまじく怒られたことがある。かれらはアザラシに限らず肉といったら生で食うもので、それを焼くとその匂いがたまらなく嫌なのだそうだ。

フラム号の突撃隊の話にもどる。

アザラシの御馳走で力を得たかれらはやがてクマと出会うようになる。シロクマである。親グマと子グマに遭遇。苦戦したが三頭をしとめた。

そのときのかれらの日記にはこうある。

「七月十七日。とにかくわれわれはここに腰をすえて時の過ぎゆくのを見おくっている。われわれはここを〝あこがれキャンプ〟とよんでいた。朝も昼も晩もクマの肉を食べ、しかも食べあきなかった。とくに子グマの胸肉が非常にうまいことがわかった」

クマの肉はとにかく大量にあったのでそれを犬に食べさせられるのが嬉しかったのだろう。ここで筆者はできれば確かめたいと思ったのだが、犬に与える肉はともかくとして、探検隊の人たちは食べるときには火で焼いたのかどうか。アザラシ肉もクマ肉もナマで食べていたのだろうか。海獣からとれる脂は燃料に使えるが、そういう燃料で焼くにしては脂の量が足りないように思う。やはりどちらもナマで食べていたのだろうと推測する。

北海道あたりにいくとクマの肉を食べさせる店がある。言い伝えだが左手の掌がうまい、という。なぜならクマはハチミツが好物だが、それを捕るとき左手を使うからだ、というのである。個体にもよるのだろうが、クマの左手の肉は思ったよりも固く、かみ切るのに顎が疲れる。他の柔らかい部位にもいきあたらずそれほどうまい肉だとはとても思えなかった。

極地探検の痛快最高峰

アムンゼンとスコットに続いてイギリスの探検家アーネスト・シャクルトンが南極大陸横断に挑戦した。けれどその過程で彼らの探検船「エンデュアランス号」は氷盤と氷山に囲まれ動きがとれなくなった。帆船エンデュアランスの船底は伝統的な尖った龍骨によって造船されていたので、船はまともに厚い氷盤の挟撃にさらされ、がっちり凍結された。

船は氷盤の圧力によって急速に破壊され、乗組員は全員船から氷盤の上に脱出することを命じられた。

「最後の一人が下船してから一時間も経たぬうちに、氷は船の側面を貫いた。まず、やりで刺すような一撃が側面に穴を開け、そこから氷の大きな塊が押し寄せるように入り込んだ」

この攻撃を受けたあとであろう。左舷に大きく傾いたエンデュアランス号の写真が『エンデュアランス号漂流』（アルフレッド・ランシング著、山本光伸訳、新潮社）に出ている。この時代の探検記はかなり詳細にその状態を写真に撮っているので事態はわかりやすく臨場感に満ちている。

シャクルトンは取り囲んだ氷盤を様々な策を講じて切りひらき、脱出しようと試みるが氷の海は非情である。やがて季節がもっと友好的に変わるまでは氷海からの脱出はかなわない、という厳しい現実を知ることになる。そればかりか氷海の圧力はエンデュアランス号をさらに圧縮し、舷側を突き破り、しだいに船と呼べるようなものから、船の古材の巨大なカタマリの物体に変えていった。

シャクルトンは自分らがもうその場にとどまっている意味を無くしてしまった、と結論づけ、幾度かの話し合いとそのための準備を綿密にして、帆船の残骸の地から脱出することを決める。全員の脱出である。

かれらの食料の基本もやはりアザラシだった。体力をつけるためにシャクルトンは夕食には全員のアザラシ肉のシチューのなかに脂肪の塊を入れさせた。食料節約のためにもこの味に慣れなければいけない、シチューの中の脂肪の塊は肝油のような匂いのするネバネバしたものだったという。

シャクルトンは力のある三名の部下とともに偵察、先発隊としてソリで氷の海に出た。先発隊はシャベルやツルハシなどで氷盤の上の乱氷群を崩し、切り開き、あとの部隊が通りやすくする重要な仕事があった。そういう辛い仕事が連続するから部下に力と信念のある者を選んでいたのだった。

先発隊の次に犬ゾリのチームが一台あたり九百ポンド（約四百八キログラム）の荷物を積んだソリを曳いて続き、最後に十五名の男たちが行列を作って二隻のボートを乗せたソリを曳いた。

シャクルトンのこの奇妙な行列は〝船のない亡者たちの漂流〟であるのは間違いなかった。最初の頃の二週間はまったくアザラシを捕まえられなかった。その苦闘のありさまを本文からほぼそのままひく。

「肉の蓄えはまだ十分あったけれど、調理に使う脂肪分は残り僅かだった。停滞中に彼らは一度捨てた骨などについた脂肪分を少しでも回収しようとした。さらにアザラシのヒレ足を切り刻み、頭は皮をはいで取れる限りの脂肪分をこすりとったがそれでも入手できたのはごくわずかだったので、シャクルトンは温かい飲み物を一日一回、朝の粉ミルクだけに制限することに決めた。翌日、全員にチーズが一インチずつ配られ、それでチーズの配給はつきた。

隊員のなかには空腹を紛らわすため、気分が悪くなるまで煙草をふかす者もいた」

　脂肪分がいよいよなくなるという二月十七日の朝、アデリーペンギンの群れが目撃された。隊員らはそれぞれ殴打できる道具を持って襲い、一日がかりで六十九羽をしとめた。

　ペンギンの心臓、レバー、目玉、舌、爪先、そのほかわけのわからないものを煮込んだシチュー、それにコップ一杯の水が配られた。しかしその数日後、隊員らは何千、何万というペンギンに囲まれていた。人間を恐れないからそこで五百羽ほど捕獲した。食料欠乏の危機にあった一行はホッとした。ペンギンのシチュー、ステーキ、レバーなどによって当面の飢餓の不安から解放されたのだ。

　シャクルトンら四人の一行は氷盤をさらに進みやがて十六カ月ぶりに黒々とした岩を目にした。このあたりの記述でいきなりドレーク海峡という記述が出てきたので筆者は目を見張った。以前読んでいるときには見過ごしていた。

「彼らが現在漂流している位置と、世界一の荒海と名高い「吠える海峡＝ドレーク海峡」とのあいだには、わずかに二つ、南極大陸の歩哨のような島、クラレンス島とエレファント島が、北方百二十マイル（約百九十三キロ）の地点にあるだけだった。それより先はひたすら海が広がるばかりだった」

　恐るべき長い時間、氷の中に閉ざされていたシャクルトンらは、ついに陸地が顔をだしている南極大陸の北端にあとほんの少し、というところに到達していたのだ。

しかし南極と南米大陸を隔てるドレーク海峡はパナマ運河ができる前まで死の海峡と呼ばれていた。太平洋と大西洋をつなぐ唯一の海峡を多くの船が越えようとしてこの吠える海峡の荒れ狂う海によって沈んでいったのだ。シャクルトンらにはまったくカケラほどもこの海峡を越えるすべはなかった。

筆者は一九八三年に僥倖ともいえる幸運な成り行きをもってこの海峡をいくちょっとした海洋冒険の旅をした。

チリ海軍の砲艦に乗ってマゼラン海峡を南下し、まずケープホーンに行ったのだ。まったくの荒れた無人の岬と思っていたそこにはチリ海軍の一個小隊が駐留しているのを知って驚いた。軍艦に便乗はさせてくれたが航海の目的はいっさいおしえてくれなかった。

岬のてっぺんにはナンキョクブナによってカムフラージュされた高射砲が何基かあった。チリは南極のチリ側をピザの一ピースのように領土として主張しており、ケープホーンをその橋頭堡のひとつにしていたのだ。このとき駐留している若い兵士らは平凡な毎日に飽きていたのだろう。思いがけなく興奮し、初めて見る東洋人（筆者のこと）のために生きているアデリーペンギンを一羽プレゼントしてくれた。嬉しいような困ったようなプレゼントだった。

砲艦はそこからさらにドレーク海峡のただなかにある無骨な無人島、ディエゴ・ラミレス諸島まですさまじい荒波のなかを南下した。あと少しで南極だった。軍艦は大きな波に乗るとスクリューが海面から出て激しくカラ回りする不穏な音を聞かせていた。

その絶海の孤島には三人の兵士が駐留していた。そこも橋頭堡のひとつだったのだ。一年間の兵役期間と言っていた。筆者が乗せてもらった軍艦は、その孤島の新しい交代兵士を乗せていたということをその段階で初めて知った。

その当時はエンデュアランス号の苦難の漂流のことは何もしらなかったのだが、シャクルトンは救いの南米大陸まであと少し、と接近しながら到底その三百六十五日嵐の海を越えることができないやりきれないむなしさに煩悶したのだろう。

シャクルトンの探検隊——というよりも氷盤まかせの漂流隊はもう何カ月も漂う氷盤の上のテントで再び何もやることのない慢性的な食料不足の日々にあえいでいた。目ぼしい食料在庫はどんどんなくなっていく。アデリーペンギンから得た脂肪分も残り少ない。小麦粉も残りわずかなので、犬用のペミカンにバノック（無発酵パン）を名残り惜しそうにチビチビまぜて食べていた。

どうやらついにソリを曳いてきた犬の肉を食べることになりそうだった。その前に犬の餌用にとりおいたくず肉の中から食べられそうなものを取り出した。いいつけられた隊員は臭いが強すぎてどうしても食べられないものを除き、残りはどんどん取り出した。でも近いうちにアザラシを仕留められないと、このクズ肉を生で食べることになりそうだ。と日記に書いている。

付近にそびえる氷山が不安定な海流の影響を受けて氷盤全体の崩壊に拍車をかけていた。氷盤が割れてしばらくした日、霧のなかから奇妙な物体があらわれた。隊員が狙いをつけてライフルを発射すると全長十一フィート（約三・三メートル）のヒョウアザラシが一発の弾丸で倒れていた。突然一千ポンド（約四百五十四キロ）の肉が手に入ったのだ。解体作業を進めていると胃のなかから消化されていない魚が五十匹近くも出てきた。

シャクルトンはそのあと犬を射殺するよう命じた。彼らにとってもう犬は必要ない存在になっていたのだ。子犬を含む全ての犬がこの日射殺され、その肉は食用に処理された。

キャンプは二週間ぶりに温かい食事を食べられることになった。ヒョウアザラシの肉よりも犬たちの肉のほうがおいしいし贅沢だ、と隊員たちは評価した。

この日を契機にヒョウアザラシがまた捕獲され、キャンプはすっかり明るい空気に包まれた。

シャクルトンの一行はやがてほどよい開氷部からここまで牽引してきたボートで内海に出た。漂流の旅は忍耐のかいあって再び前進を開始したのだ。

シャクルトンと数人の隊員はいよいよ救助を求めるために海洋を進んだのだ。この漂流記はそのあらゆる展開が波瀾に富んでいて凄まじい経緯をたどるのだがシャクルトン以下隊員らの活躍が見事で、北極および南極探検史のなかでももっとも引きつけられる内容に満ちている。

ここでは、漂流者の食べてきたもの、というところにテーマを絞っているので、本来なら欠かせないそういう探検の内容については殆ど触れられないのがもどかしいのだがそのへんはシャクルトンの本文を読んでもらうしかない。

やがてシャクルトンは隊員の誰をも失わずにエレファント島にたどりつく。甲板のない船を疲弊しきった者たちが荒波にむかって漕ぎ続けた結果、彼らは思いがけない勝利のしるしとして陸地に立っていた。

アザラシはいくらでもいたが、そこでも二百羽ほどいたペンギンをみつけそのうち七十七羽をとらえた。すぐにアザラシやペンギンの皮をはいでいく。氷点下の野外で凍傷になっている手でのそういう作業は苦しかった、と記述にある。

それらは温かいスープになった。「こんなにうまい肉汁つきのチキンスープはこれまでお目にかかったことがない」と隊員らは激賞した。

筆者はとらえたばかりのアザラシを素手で処理するロシアのユピック族と半日ほどすごしていたことがある。アザラシは哺乳類だから捕らえてすぐあとはまだ体温があり、凍傷の手にここちいいのだ、とユピックは話していた。

シャクルトンと数名の隊員は休むこともなくサウスジョージア島を目指した。エレファント島に残る二十二人はそこでひたすらシャクルトンらを待っているしかなかった。そして残された多くの隊員たちはシャクルトンが無事に救援をつれて帰ってくるとは信じていなかった。

エレファント島のそのあたりでは海からカサガイがとれた。それはスープのいい材料になる。料理担当者は隊員らが好きなアザラシの骨つき肉のシチューを作っていた。

そのとき食事の合図から一番遅れた隊員の一人が、沖から船が一艘やってくるのを知らせた。シャクルトンが迎えの船で帰ってきたのだった。

三年目の越冬を嫌ったガラクタ探検隊

次の漂流記に移ろう。ロシアの帆船「聖アンナ号」が北極海のフランツ・ヨセフ諸島の沖合のあたりでやはり同じように氷盤にがっちり挟まれ、北にむかって流れ続けてすでに一年半がたっていた。

航海士のアルバーノフは一九一四年、十人の乗組員とともに船長とたもとをわかち、聖アンナ号を離脱することにした。七艘のカヤックと七台のソリとともに白い氷盤の海を進路のさだまらない漂流と同じような逃避行に出たのだ。のこされた本船にはブルシーロフ船長以下十二名。去る者、残る者ほぼ同数であった。

アルバーノフが本船を去ったのは船長との確執がそのはっきりした理由だった。氷盤の旅に出ることを決めたあとの十人は、また帆船のなかで一年を過ごすのが耐えられなくなっていて、あらゆる危険と隣あわせの本船脱出に命をかけたのだった。

決して友好的ではないこの離脱劇について双方の意見が語られているが、ここでは暖かく安全で食料も一年以上潤沢に持ち合わせている本船から離れて自ら「漂流」の道を選択していったアルバーノフらの冒険とその決心について見ていこう（『凍える海　極寒を24ヶ月間生き抜いた男たち』ヴァレリアン・アルバーノフ著、海津正彦訳、ヴィレッジブックス）。

彼らのカヤックは旅に出る当人たちが作ったもので材料はありあわせだった。いずれも二人乗りで、そこに分担してすべての装備や食料を積んでいた。

カモメ号、ウミスズメ号、ユキホオジロ号、コガモ号、フルマカモメ号といった可愛いけれどちょっと不安な名前がつけられていた。それらのカヌーはいずれも離脱が決まってから本船のなかで作られたものだった。

ソリもまともなものではなかった。本質的に敵対しているブルシーロフ船長がしっかりした資材を与えてくれなかったからで、ひどい例ではソリのひとつは食堂の不要になったテーブルをサカサにして滑走面を補強したようなシロモノだった。彼らは工夫してそれでもなんとか七台つくりあげた。カヤックはこのソリの上に載せて必要なところまで運ぶのである。

完成して間もなく彼らの前に幅三メートルほどの開氷面が現れたのでまずそこでカヤックの水上走行ぶりを実験した。結果は思いがけなく良好であった。

彼らはソリで出発したが、当初から困った問題になっていたのは、彼らが今いるところと目指すべきところを示すはっきりした地図が何もないことであった。ひとつだけ持っていたのはナンセンが描いた「正確ではないけれど……」のただし書きのある粗末な地図だった。それと本船にいるときはよく捕れていたシロクマの姿をまるで見ないことも不安材料だった。カヤックはソリに載せられ、それを皆で曳いたり押したりして進んだ。

彼らが運んでいたのは、まず船舶用堅パン。十分に乾燥させたあと十キロずつ袋に詰め、その口をぴったり縫い合わせてある。聖アンナ号が持ち合わせていたテント三張りのうちの一張り。円形の大型テントだがナンセンのものと比べるとずいぶん重く二十七キロあった。後々、濡れて凍ると重くて手に負えなくなり捨てざるを得なかった。銃器としては連発式ライフル銃が二丁と、アザラシ用ライフル銃が三丁、二連装ショットガン一丁、弾薬が五十五キロ。さらに大物用のモリが二本、通常の防寒衣料のほかに斧、スキー、鋸、羅針盤、マリッツァ（トナカイの毛皮を縫い合わせてこしらえた重い袋状の防寒衣類。寝袋がわりにつかう）を十三枚。さまざまな道具類、装備類などでカヤックの重量に加えると約一・二トンになった。

これらはおのおののソリの上のカヤックに分散して積んでいるが、氷面の状態が悪くなると三人、四人で移動させ、交互にそれぞれのソリで繰り返し運ぶことになる。

こういう重労働が続いてもかせいだ一日の距離は七キロぐらいだった。やっと休めても火がたりないときは紅茶も飲めずぬるい白湯しかない。夕食は堅パン五百グラム。それにスプーン一杯ぶんの凍結したバター。それだけだった。

　そういう繰り返しの末にやがてアザラシが捕れてきた。

「アザラシ肉は、茹でても焼いても黒ずんだままだけれど柔らかくて味がよく、鹿肉に似た味わいだ。少なくとも、フランツ・ヨセフ諸島の北方海域で捕獲したものにかぎってはそうだった。カラ海で食べたアザラシ肉は、脂っこくてしつこい味のものがほとんどで、それは、長いあいだ酢に漬けておいても変わらなかった。白クマの肉の方が味がいいことは明らかだった。ただし、こちらも調理後しばらくおいてしまうとやはり脂っこくなる。とくに骨の周囲の肉にその傾向が強い。このような味の違いは、おそらくアザラシが食べていた餌と、捕獲した場所の環境の違いによるのだろう。わたしたちがフランツ・ヨセフ諸島の北方海域で殺したアザラシは――それはかなりの数になるが――いずれも、その胃の中に小型甲殻類の残骸が見つかったが、魚類の残骸は皆無だった。私の意見では、アザラシ肉は全身が食用に適している。その肝臓には繊細な味わいさえあり、聖アンナ号上にあって、まだ食料の量も種類も豊富だった頃でさえ、私たち全員が好んで肝臓を食べた。アザラシの脳みそは、アザラシ脂でフライにすると、やはり非常に美味だった。前ヒレは、中まで焼き上げると仔牛の脚肉に似た味だった。

　はじめのうち、仲間たちはアザラシの脂身をむやみに食べた。小さく切ってじっくり揚げて揚げカスと呼ぶものに仕上げる。それは堅パンといっしょに食べると、たちまち食べすぎてしまうくらい旨い。だが、堅パンは配給食品だから、多くの場合揚げカスは塩をつけただけで、そのまま食べることになる。このごちそうが、食べ慣れない物を納めた胃に顕著な作用——強力な緩下剤（下剤）のような物——をもたらした。それでも、結局、人の胃は慣れるもので、気が付くと、私たちは何の不都合もなく揚げカスを食べられるようになっていた」

ただしここに記述したアザラシ肉の絶賛は、それを捕獲して食べていたときのことで、いまあたらしいアザラシを捕獲していての話ではない。

いまはまだ本船を離脱した一行が確たる目的地もなくひたすら不毛と思われる行進を続けている段階である。時々現れる開氷面にカヤックを下ろすがあまり長い距離はあてにできない。氷盤に再びソリとカヤックを積み重ね状態にしてみんなで少しずつ進んでいくことになる。そのうちに隊員のなかにあきらかな壊血病の症状がではじめてきた。アルバーノフは該当者にキニーネを投与するが、どれほど効果があるかはすぐには見極められなかった。

備蓄食料は恐ろしいほどの速さでなくなっていた。出発から一カ月半で残っているものをあげると、粉末肉が三キロ足らずと、コンデンスミルクが三缶、干しリンゴ約一キロ、最後のチョコレートは今日みんなにわけてしまった。栄養補給の主力になるものとしては、乾パンが残っているだけだ。

五月二十五日、カヤックの一人がついにシロクマを一頭仕留めた。それは栄養補給だけでなく、贅沢な燃料にもなる。さらにその毛皮はやがて防寒のために役立つ。みんなで解体し、流れ出る血をいくつもの容器にうけた。

その夜はクマの茹で肉と焼き肉のどちらでも好きな方を選んで食べてよかった。肝臓は塩を振って刺し身で食べると絶妙。賑やかなお祭り気分がいきわたった。

クマの処理のためにキャンプ地に続けて居座り、干し肉づくりなどで慌ただしかった。しかし懸念もあった。クマの肝臓を食べるのはよくない、と聖アンナ号にいるときにしばしば語られたが、今回彼らの食べたクマがそういう種類らしいとわかった。肝臓を食べた者は全員、一酸化炭素中毒に陥ったかのように頭痛と眩暈をおぼえ、胃がひどく痛んだ。シロクマは数日後にも発見された。前のものよりもはるかに大きなクマで、弾丸が命中してもなおも逃げた。最後は手負いのクマをしとめるため二人のクマ撃ちがカヤックで氷海に出て、やがて見事に捕獲してきた。

キャンプはさらに好況にわいて、そこから元気よく進路を進んだ。二頭目のクマは鼻面から尻尾まで三メートルもある大物で、毛皮を市場に出せば相当な稼ぎになりそうだったが、重すぎて残念なことにそこに放棄していくしかなかった。カヤックの荷物がさらに重みを増してきていてほかの重要なものを置いていかねばならないくらいになっていたからだった。

一行はなお激しい前進を続けた。氷盤とそのあいだにきまぐれにできる開氷面＝水路や、いきなりの氷盤の起伏や小さな氷山などに悩まされながらとにかくじわじわと行路をかせいでいった。

その途中にも七十キロほどの大きなアザラシを捕獲した。

すべては偶然の展開だったが、この〝逃避行〟のような必死の行進を読んでいると、幾多の予測のつかない展開が強烈な魅力になっていて、息をもつかせない、とはまさにこのことだ、と実感した。

順調に距離をかせいでいる、と思っていたらかなり思いがけない事件がおきた。

チームの中の若い二人がかなり性能のいい備品や食料を持って逃走したのだ。寝耳に水の出来事ではあったがアルバーノフはそのちょっとした叛乱を淡々と受け止めている。

隊にとって大事な備品を盗んで逃亡した二人に対して、すぐに追跡して極刑を、といきまく隊員もいたが、アルバーノフはそういう追跡によって余計なエネルギーを使う愚を避けたようだった。

そんないくつかの予想もつかない出来事があって、やがて穴蔵にひそんですっかり疲労困憊している二人の逃亡者を発見した。

観念した二人は真剣に詫びるのと同時に一緒に持ち出した料理道具などはまったく傷つけていない、という供述をした。

二人は、ほうろう引きの鍋にカモの脂身を塗ってオムレツを焼き、ごちそうしてくれた。そのあたりにはケワタガモの巣がいっぱいあってタマゴは拾い放題だった。その親鳥を十三羽撃って、その日の一行の献立はめずらしいいろどりになった。

やがて一行は非常に期待のもてる目標となったフローラ岬にむかってカヤックを進めた。途中で海獣のなかでもっとも恐ろしいセイウチの親子に出会い厳しい捕獲騒動になった。セイウチはカヤックよりも大きく、まかりまちがえばヒトのほうが負ける。

いきなりのハリケーンもやってくる。すでに一行は壊血病などで数人の仲間を失っていた。ボロボロになりながら、なんとかフローラ岬にたどりついた。

そこには堅牢な建物があり「セドフ中尉遠征隊　一九一三」という標識がたてられていた。建物の中にはまるで苦難の日々へのご褒美のように様々な食料が厳重に保存してあり、それはアルバーノフらが食べてもいいように配慮されていた。

一行のうちそこまで生き延びた者は元気に生還している。「聖アンナ号」に残った十二人の消息は本書では不明のままだった。

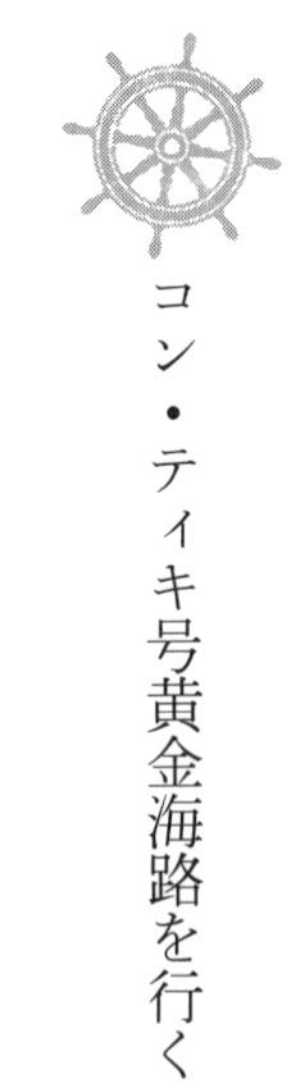

コン・ティキ号黄金海路を行く

漂流は突然に

漂流記には大きくわけてふたつのジャンルがある。もっとも多いのは航海中に猛烈な嵐に遭遇し、船が壊滅的に破損してしまうケース。嵐の場合はある程度の予測はできるからそれに備えて防備をほどこせるが、どうしようもないのがクジラやシャチなど思いがけない海の巨大生物といきなり衝突し、船が破損してしまうアクシデントだ。夜中にそんなことがおきるのは想像するだけで恐ろしい。

どちらもライフラフトなどの救命ボートに逃れられればとりあえず運がいいが、そうであっても一瞬のうちに無残な漂流者になってしまう。

今「とりあえず運がいい」と書き添えたうちで本当に運がいいのは嵐の海や思いがけないアクシデントに遭遇し、漂流という最悪の事態に追い込まれたとき、救命ボートに乗れて、とおりかかった他の船などに助けられる、あるいは有人島に漂着する、という展開だ。

遭難、漂流というとわたしたちは無人島に漂着、というお気楽な〝夢〟をとかく抱きはじめる。実際そういうありがたい幸運に恵まれるケースもあるようだが、たどりついたところがヒトのいない島ではまた新たな別の遭難となり、生還するのは極めて稀なケースである、と考えたほうがいいようだ。

南半球の多くの孤島は島のまわりを防御するように珊瑚礁がとりまいていて、それらは島を外敵から守るような無情な防御帯になっている。せっかく近くまでたどりついたのに最後のアプローチでボートもヒトも全部粉々にされる、という残酷な結末になるケースも多いようだ。

救命ボートなどにひとまず逃れられたとしてもそのあとの展開が不幸な場合、わたしたちはその遭難そのものをまったく知らないし、漂流がうまくいったとしても発見されなかった場合はその漂流体験がどんな状態だったか他人にはまるで分からない。わたしたちが知っている遭難、漂流は、この地球でおきた沢山のそうした出来事のほんのちょっとだけの事例でしかなく、海での運命ほどきまぐれではかないものはない、ということがよくわかってくる。

KON-TIKI
EKSPEDISJONEN
THOR HEYERDAHL
GYLDENDAL NORSK FORLAG
初版
ノルウェー語
・アオザメ
・ブリモドキ
ウミツバメ
・トール・ヘイエルダール
シイラとトビウオ
Kenji

八丈島よりはるか南にある無人島「鳥島」は、江戸時代に日本の船がたびたび漂着している「漂流の島」だ。外海に出ていく船、外洋まで行って流されてくる難破船などがいずれも大きく年をあけて漂着するので、記録を読んでいると実にむなしい。それぞれ単独の漂着記録を見ると、この島に沢山いるアホウドリを捕まえてそれを食べて生きつなぎ、孤独に果てているようだ。

一度だけ数年間おいてだが、二つの漂流船の人々が漂着したことがあった。双方の喜びようはいかなるものだったろう。しばらく共同生活をするが、やがて島からの脱出を考える。漂着時の破損のましなほうの船を沢山流れ着いている流木で修理して島から脱出し、まずは人のすんでいる八丈島に漂着。やがて郷里に生還したという感動的な結末をつかみとっている。でもこういう例は珍しいようだ。

計画的漂流

その一方で、なんらかの目的をもってあらかじめ計画的に漂流する、というケースもある。「計画的漂流」「実験漂流」というようなことになり、これにもいくつかの事例がある。

アラン・ボンバールという人の書いたその名も『実験漂流記』（近藤等訳、白水社）は計画的に漂流し、飲料水に海水をどのくらいまぜてそれを飲み増すことができるか、などということを自分で実験漂流しており、その実験の成果はその後の多くの航海者の必読書のようになった。日本でも斉藤実というヨットマンが「ヘノカッパⅡ世号」という自分のヨットでボンバールと同じ実験漂流に何度か挑んでいる（『漂流実験　ヘノカッパⅡ世号の闘い』海文堂）。これは厳しい海と対決するのと同時に（危ないからという理由で）彼の行動を阻止しようとする海上保安庁とのタタカイにあけくれている。一般の安全な船に乗っている海保の乗組員にはボンバールや斉藤実さんがやっていることは理解の範囲を越えているから、問答無用であぶない、禁止という思考になってしまうようだ。

コロンブスの新大陸を目指した最初の航海は一四九二年「サンタマリア」「ピンタ」「ニーニャ」の帆船三隻で行われた。

この偉大なる功績を追って一九六二年にアメリカの水中考古学者ロバート・F・マークスとその乗組員による「ニーニャⅡ世号」によって行われた航海はコロンブスの「ニーニャ」をひとまわり小さくした帆船でのものだった。コロンブス時代そのまま、航法もルートもそっくり同じで〝新大陸〟を目指した『コロンブスそっくりそのまま航海記』（ロバート・F・マークス著、風間賢二訳、朝日新聞出版）が痛快である。このときも着想が安易だ、などとの批判があるなかでの出航で無事沢山の成果を得て帰還した。

このコロンブスそっくり号の探検行の少しあとの一九七六年、六世紀のアイルランドの修道僧聖ブレンダンの航海記を規範に小さな飛行船型の船を建造して実験航海に出た人々がいる。『ブレンダン航海記』（ティム・セヴェリン著、水口志計夫訳、サンリオ）である。

アイスランドの北から先は北極圏となり、木が育たないから温暖地帯のように通常の木造船がつくりにくかった。そこで現代の挑戦者、四人の乗組員は保存してあったむかしのものを補修していくところから始めた。まだあちこち穴のあいた巨大な獣の臭いのする不思議な船にセイウチなどの海獣の革をはりついで苦労しながら現代の革船を作った。出航のときは信心深い島の人々が大勢あつまり十字架をかかげたという。

この船は外側が革という脆弱な素材ながら船体は軽い。要するに空気袋だから航海中の浸水などの補修も重い木造船よりは簡単らしかった。

このブレンダンの船と、先にあげたコロンブスそっくり号の航海記は、航海記とは言っているが読んでみると内実は彷徨える前世紀の船の実験漂流で、着想もダイナミックだし、内容もじつに面白い。

草、竹、木のイカダ

漂流、というと連鎖的に頭に浮かぶのはイカダを使ってのものだ。

実施した年代が前後バラバラになるが漂流した素材の違いだけでとりあげていくと『バルサ号の冒険　筏による史上最長の航海』（ビタル・アルサル著、山根和郎訳、三笠書房）は大木でもっとも浮力があって水を吸収しにくいバルサを中心にリアナ、フィゲロラなどの木材を中心にして作った全長十三メートルの粗末な筏で、南米からオーストラリアまで史上最長の漂流実験を成功させている。葦で作った筏のチグリス号はイラク南部から紅海までの漂流旅をなしとげ、ヘイエルダールは今回の主なテキストであるバルサ材で作ったコン・ティキ号の旅のあと、葦で作ったラーII世号で大西洋を横断している。

日本人も頑張っている。日本人のルーツの一部が南方諸国から流れ着いたのではないか、という仮説をもとに、南の国に群生する竹の筏で、フィリピンから鹿児島まで漂流した七人の若者たちによる挑戦漂流記だ（『ヤム号漂流記』倉島康著、双葉文庫）。これは黒潮にのって流れていくことができる（197ページ参照）。

今回はそれらの漂流記のなかでも世界的にもっとも有名であり、六十カ国語以上、聖書の次に多くの言葉に訳されている本、と言われている『コン・ティキ号探検記』（ヘイエルダール著）をとりあげる。日本だけでも八版にわたって翻訳、発行されてきた。ここでは河出書房新社版「世界探検全集14」（水口志計夫訳）をテキストとしたい。

これだけ沢山読まれているのだから、この挑戦的な漂流記の概略についてはここであらためてくわしく語る必要はないように思うのと、本書は漂流の顚末を細部にわたって検証するのではなく「かれらは何を食って生き延びたのか」ということに焦点をあてているので、漂流の背景は本当に簡単に概略だけですませていきたい。
とくに『コン・ティキ号探検記』はヘイエルダールによるこまかい観察記録がまことに充実しているので、彼ら六人の波間に漂う航海のあいだに乗組員が何を食べてきたか、その詳細を追っていくだけでかなりの文章のスペースを必要とするのである。

筏づくりと出航準備

一九四七年、ヘイエルダールは古代ペルーの筏を、太陽神の名をとってコン・ティキ号と名づけそれに乗って太平洋横断の旅に出ることを決心した。ヘイエルダールの頭のなかにはポリネシア人の祖先のなかには南米から太平洋を渡ってきた人々がかなりいたのではないか、という説が奥深くうずまいていた。

その後ヘイエルダールはいくつかの海洋民族をめぐる学会に参加し、自らの唱える、太古の民族がきっとそうしたであろう南米の大木を筏に組んで太平洋を横断した、という推測をはっきり自分で体験し実証したいと考えたのである。

ヘイエルダールの凄いところは、その土地の民俗学、博物誌、植物学、地質学などを総合的に考慮していたことだ。そのひとつが太平洋をわたる筏は浮力があって腐食しにくいバルサでなければならないと確信したことだった。

そのためにアンデス山脈にわけ入って実際に深い山中に生えている、これぞ、という巨大なバルサを何本も見つけだし、高山からペルーの漂流出発地まで大キャラバンを仕立て、自分が先頭に立って川なども利用してその巨大な材木を港近くまで運んだ。そしていままで誰も見たことがないような大筏の建造に入った。

港の近くの作業場に運ばれた一番太いバルサのうち九本は長さ十五メートルほどもあった。それは筏の真ん中部分に配置され長い航海にそれらの丸太が動かないようにしっかり縛りつけられた。構造はこの九本の丸太の左右に少しずつ短い丸太が縛りつけられていったのでやがて筏の両側は十メートルほどの幅になった。

筏自体はそれで完成したが約三百本の違った長さの綱でさらにしっかりと丁寧に丸太を巻き付けていった。割り竹の甲板がその上に置かれて固定された。筏の真ん中に竹の棒で小屋を建て、竹で編んだ壁をつくり、竹の板の屋根を作った。さらに皮のようなバナナの葉をタイルのように重ね合わせてそこに貼った。帆柱は並べて二本立てられた。

この〝造船〟をしているあいだにヘイエルダールの雄大な企図を知って沢山の人々が集まってきていた。それらの人の中にはヘイエルダールのこの航海はペテンだ、と言いたてる人もいた。そのようなもので太平洋を横断なんかできっこない、という理由だった。

数多くやってきたそれらの人々の賛否含んだ話をヘイエルダールは熱心に聞き、古代ペルーの航海に役立つ「むかしがたり」を吸収していった。乗組員候補もどんどん集まってきた。あれこれやっているうちにヘイエルダールのもとに五人の乗組員が決まっていった。クヌート、ベングト、エリック、トルステイン、ヘルマン。それにみんなのペットとしてプレゼントされたスペイン語を話すオウムが一羽。

当然それぞれ出身国、専門分野、得手不得手、性格などが異なっているがそういうことが関係してくるエピソードは本体の探検記に委ねるとして、ここではあくまでも「何を食ったか」という大テーマに集中していきたい。

ヘイエルダールが地元の人から聞いた耳寄りな情報のひとつに生タマゴを石灰の入った壺の中に入れておくと長持ちする、という古代の方法があった。

出航する二、三日前に、糧食と水とあらゆる装備が筏の上に積み込まれた。陸軍の糧食を入れた硬い小さなボール箱に、六人に対して四カ月分の糧食を確保した。ヘルマンがアスファルトを熱して、一つ一つのボール箱のまわりにかけて平らな膜を作ることを思いついた。それからその上に砂をまいて互いにくっつきあわないようにした。それらはきちんと包装し、竹の甲板に積み込んだ。甲板を支えている九本の低い横梁の間の空間がそれでいっぱいになった。

高い山の上の水晶のように澄んだ泉から持ってきた水の缶を全部で千リットルあまり確保し収納した。これは波がいつも隣でしぶきをあげているように横梁の間にしばりつけた。水をあたためると腐敗しやすくなるから常に海の水にふれさせるためだ。

竹の甲板の上には、残りの装備と果物、根菜類、椰子の実がいっぱい入った大きな柳細工の籠をしばりつけた。

クヌートとトルステインは、無線のため竹の小屋の一部を占領した。あいたところには箱を八つしばりつけた。二つは科学的な実験とフィルムの箱、他の六つは乗組員ひとりひとりにわりあてられた。

大海を切り開くようにして

コン・ティキ号は太陽神の巨大なシルシを描いた帆に風をいっぱいにはらませながらずっと順調に進んでいた。

ぼくが同書を読むのは三度目だったが、今回特に独自の統一テーマのもとに読んでいって気がついたのは、これまで読み込んできたいろんなケースの漂流記とくらべると、驚くほど乗組員らは食に対する欲望や好奇心が淡白で、このコン・ティキ号がもっともそのテーマに対して濃厚な内容だろうと思いこんでいたのがどうもまるでアテが外れていたことだった。いや、実態としてはこの探検記を記述しているヘイエルダールにそういう「あぶらっこい」ところが希薄だったのかもしれない。そのかわり海洋生物を食料にするタタカイが多岐にわたり何がおきるかわからない魅力溢れる航海になっている。

手に入るあらゆる漂流記のなかでこのコン・ティキ号の探検記が最高だ、とぼくが思っていたそのもっとも魅力的なうらやましい日々を象徴する出来事がある。

ある朝、厨房でその日の料理当番がフライパンに油をひいていざその日の炒め物を、と用意したときに海からいきなりトビウオがその手にぶち当たってきた——というエピソードだ。これこそ漂流記の醍醐味、とぼくは唸ったのだった。

本書にもまさしくそのエピソードが出てくるが、初めて読む人はどうなのだろうか。

筏での漂流は船とちがって舷側というのがなく乗組員が動き回っている甲板のすぐ隣が大海原なので、通常の船での漂流と違って海の生物の居場所がすぐ近くで接触も多いというところがあり、それが恐怖であったり楽しさであるような気がする。

その意味ではコン・ティキ号と海の生物との付き合いは濃厚、豊富である。でもほかの漂流記にまっさきに語られる「うまそう!」という思いが不思議に抑えられているのだ。

何度も読んでいるうちに今回初めてそのことに気がついたのである。

コン・ティキ号がいよいよ太平洋の大海原を切り込むよう突き進んできた頃のことである。

ヘイエルダールはまわり中にいろんな魚が集まってきていることに気がついていた。しかし舵取りをすることに一所懸命だったので、魚釣りなど考えてもみなかった。二日目にイワシの大群のまんなかにはいった。そしてすぐあとで、二メートル半のアオザメがやってきて、白い腹を上にむけてひっくりかえり、筏に体をこすりつけていた。そこではヘルマンとベングトが波のなかに足を露出して立って舵をとっていたところだった。

このあたりを読んでいて二人はまるで魚に関心がないのだということが気になり、その感覚がぼくには少々不満だった。そこで思いいたったのは、このコン・ティキ号は積み荷の食料が潤沢で、その消費の仕方もヘイエルダールのリーダーシップのもと、きわめて紳士的に清潔に行儀よく行われていたのではないか、という想像だった。

なにしろひっきりなしに飢えて血走った目で海を眺めている漂流者の話ばかり読んでいたものだからそんな思いに至るのも無理はないだろう。しかし、

「翌日はマグロ、カツオ、シイラの訪問をうけた。そして大きなトビウオが筏の上にどさっと落ちてきたときにはそれを餌に使ってすぐさまおのおの十から十五キロもある大きなシイラを二匹ひっぱりあげた。これは何日分もの食料だった」

さっき紹介した料理中にトビウオが一方的に飛び込んできたのはこれだったのである。

コン・ティキ号の朝食当番の仕事の一つは起きると筏のなかを歩き回り、前の夜飛び込んできたトビウオやイワシを探すことだった。ある朝などはまるまる太ったトビウオを二十六匹もひろっている。

沢山の漂流記を読んでいると気付くが、いわゆる舷側（げんそく）と甲板のある船では高さにはばまれトビウオが飛び込んでくる率が減るのだろうか。

コン・ティキ号の乗組員はトビウオをプリムス・ストーブ（小型コンロ）でポリネシアとペルーの両方の料理法によって揚げ物にして食べている。アスファルトの丈夫な膜が陸から持ってきた食料を守っていたが、密閉したブリキ缶にいれたほうは絶えず洗う海水によって駄目になっていた。

しかし食料に対する不満はやはり書かれていない。損害をうけていない干し肉とサツマイモと絶えず海から供給される新鮮な魚によって満足していたように思える。

ヘイエルダールは昔のポリネシアの船乗りたちが水を溜めておくために優れた容器をつかっていたことを知っていた。竹筒である。

太い竹の棒の節をぬいてそこに新鮮な水をいれてしっかり蓋をしたものを三十本ほどつくり、それを甲板の下に頑丈にくくりつけていた。赤道海流のなかで摂氏約二六度。常に海水が洗うのでブリキ缶のように悪くはならなかった。そして筏の下に貯蔵しておくぶんには筏の上の生活にはまったく邪魔にならなかった。

トビウオはカツオなどに追われて空中を飛んで逃げるので常に筏の上に飛び込んでくるが、それを追っているカツオが波と一緒にコン・ティキ号の甲板に飛び込みバタバタ暴れていることもあった。カツオはとてもおいしかった。と、書いてある。どういうふうにして食べた、ということは書いてなく、それも気になった。ショーユは持っていなかっただろうしニンニクはどうなのだろう。南米にはありそうだがカツオとビネガーなどで組み合わせるとうまいだろうに、などと当方には関係ないのに歯がみする思いになったりしてどうも疲れる。

昔の原住民たちは戦争時に難破した人たちが思いついた工夫をよく知っていた。ヘイエルダールにもその知識があった。もっとも簡単なのは生魚を噛んで汁を吸うことである。魚の切り身を布に包んで汁をしぼりだす方法もある。大きな魚だったらその横っ腹に穴をあける。その穴は魚の淋巴（リンパ）腺からでる分泌物でいっぱいになる。それを飲めば塩の割合が非常に低いので渇いた喉が癒されるのである。

コン・ティキ号の乗組員は仕事のない時間に体を休め、ある程度の涼をとる方法をいろいろ知っていた。

時間をきめて海に入り、日陰になった小屋のなかで濡れたまま寝ていると、水を飲む必要はずっと減ったという。サメが筏のまわりを巡回していると海に飛び込むことができない。そういう場合はともの丸太の上に寝て指と爪先で綱をよくつかまえていればよかった。二、三秒おきに波がざあざあかかってきて、涼しかったらしい。

暑い日で喉が渇いているときは水をがぶがぶ飲むのではなく、口の中にいれた水を飲まないようにして塩をかじるといいそうだ。汗が体から塩分をうばいとってしまうからその対策らしい。

ヘイエルダールは昔のポリネシア人がヒョウタンを水いれに活用していたことを知っていた。また筏の上に積んでいくべき植物に椰子の実が有用であることを聞き、筏に二百個ほどの椰子の実をのせていた。漂流に出て十週間ほどたった頃、三十センチぐらいの赤ん坊の椰子が五、六本できていたらしい。

海の上で眠れるウミツバメが羽根を休めているのを見かけた。しかしよくみるとその背に乗船客として小さなカニもいて、それがコン・ティキ号が接近したとき鳥から離れてチョコチョコ泳いでコン・ティキ号に引っ越ししてくるのを見ていた。

筏の料理人がそのバルサとバルサのあいだにトビウオがはさまっているのを発見し忘れると、翌日はきまって八匹から十四の新参のカニたちが群がって食べているのだった。

ところでコン・ティキ号にはそれよりも以前にヨハンネスと名づけられたいくらか大きいカニが台木のそばの小さな孔に住んでいた。コン・ティキ号の乗組員は料理当番のときにビスケットや魚のカケラをそのヨハンネスのところに持っていくようになった。ヨハンネスはまるっこい体をしていたが、その朝食の配給があるとハサミでしっかとつかみ、孔の奥にはこんでいくのだった。

新参者の小さなカニたちは、発酵してバクハツしぐしょぐしょになった筏の上の椰子の実にしがみついたり、筏の上にうちあげられたプランクトンの大きなやつを捕まえては食べたりしていた。

この小さな密航者の観察に刺激されたわけでもないのだろうが、ヘイエルダールはこのカニたちの観察記を書いた次に、海洋学者、A・D・バイコフ博士のプランクトンについての見解を日誌に書いている。要約すると、

「プランクトンは何千種類という小さな有機体にたいする総称である。目に見えるものもあり、見えないものもある。植物プランクトンもあれば形のはっきりしない魚の卵や小さな生きている動物プランクトンもある。動物プランクトンは植物プランクトンを食べて生きており、植物プランクトンは死んだ動物プランクトンからできるアンモニアゴムや亜硝酸塩や硝酸塩を食べている。そうしてお互いが食べたり食べられたりして生きながら、一方ではみんな海の中や上を動いているあらゆるものにたいする食物になっている。そして遠いむかし海の上で食物がなくなって餓死した人々の記録がいくつもあるが、実は非常に薄い生魚のスープの上を移動（漂流）していたのである」

海洋学のバイコフ博士はそういった考えを教えてくれ、プランクトン採取に適した「網」をヘイエルダールらに持ってこさせたのだった。

その「網」は六・五平方センチあたりほとんど三千も目のある絹の網だった。漏斗(じょうご)の形に縫わ

れていて、直径四十六センチの鉄の環の口がついており筏のうしろに引っ張られるのだった。捕獲した大量のプランクトンは、見たところ百鬼夜行だった。その大部分はちっぽけなエビジャコのような甲殻類、魚と貝の幼生。ありとあらゆる形をした奇妙な小型のカニ、クラゲ……。

バケツの中に入れられたそれらはどろどろした光る粥のようだった。燃えている石炭の山のように暗闇のなかでとくに光る。勇気をふるいおこしてひとさじ口のなかにいれてみるとエビジャコのペーストかイセエビかカニのような味だった。あるいはキャビアやときにはカキのような味もした。食べられないものはポツンポツンとまざっているジェリー状の腔腸動物（ヒドラなど）や長さ一センチぐらいのクラゲだった。乗組員の二人はプランクトンはうまい、と言い、二人は見るのもいやだ、と言った。しかし薬味をつけてうまく料理すると海産物の好きな者には誰にも一流のご馳走になりうることはたしかだった。これらが地球最大の生物であるシロナガスクジラを育てかたちづくっているのだ、ということをこのエピソードの結びにヘイエルダールは書いている。

サメの二十四時間海水漬けはタラの味

シイラが六、七匹、筏のまわりや下を常にグルグル泳ぎ回っていた。多いときは三十匹ぐらいいた。だから夕食のときにシイラが食べたかったらあらかじめ二十分前ぐらいにその日の炊事当番にそう言っておけばよかった。炊事当番は短い竹の棒の先に糸を結びつけ釣り針にトビウオを半分つけて海に沈めると、たちまちシイラが手に入った。新鮮なシイラは肉がしまっていてタラとサケを混ぜ合わせたような味がしてとてもおいしかった。

ブリモドキはサメたちが連れてきた。それを得るためにはまずサメを捕まえる。二〜三メートルのアオザメが多かった。しかし餌つきの釣り針はたちまち折られてしまう。そこで何本もの釣り針を束にしてシイラの体の中に隠し、鋼鉄線をつけてそれをサメに食わせると、さすがにもうそれをかみ切ることはできず巨大な獲物を筏の上に引き上げることに成功した。そのあとは暴れるサメとのタタカイになる。コツがわかるとこの方法で二〜三メートルの怪物を何匹もしとめることができた。サメは小さく切って二十四時間海水につけておくとアンモニア臭がだいぶ飛んで食べることができた。タラのような味がしたらしい。サメとのタタカイが終わるとサメにくっついてきたり、鼻先を泳ぎ水先案内のようにしていたブリモドキが主人を失いアタフタしているのを捕獲できた。ブリモドキは小さな葉巻型をしていて縞馬のような模様がある。サメにはりついていたコバンザメも主人を失ってアタフタしているが、バカでみっともなくて全体がぬるぬるしていて始末におえなかった。

コン・ティキ号がその雄大な旅に出る前に、専門家たちがもっとも警戒するように、と言っていたのはタコだった。ワシントンのアメリカ地理学会はヘイエルダールにフンボルト海流のある海域からの報告と劇的な写真を見せていた。そのあたりに棲息する巨大なタコは大きなサメを絞め殺し、クジラに醜い印をつけている。非常に貪欲でもし一匹のタコが一切れの肉に食いついて釣り針にぶらさがっているともう一匹のタコがやってきて釣り針にかかった仲間を食いはじめる、というほどだった。

そして何よりも警戒すべきはそういうやからが筏の上に難なくあがって来られる、ということだった。そこでコン・ティキ号がフンボルト海流の危険エリアに入ってくると乗組員らは夜、寝ているうちに触手のあいだにあるワシの嘴のような鍵爪に絡まれるのを警戒してそれぞれ寝袋の中に南米原住民の大刀をひそませるようになった。

けれどコン・ティキ号の乗組員の頭を悩ませたのはタコではなくイカだった。筏の屋根の上に小さな子供のイカを発見した。イカがそんなところまで登れるとは思えなかったので大波がそこまで連れてきた、という推論が出たがその日の夜の不寝番はそんな巨大な波はまったくおきなかった、と証言した。海鳥がそこまで連れてきた、という説もイカの体にまったく傷がなかったことで可能性は消えた。夜明けのイカの姿はトビウオにまじってだんだん増えてきて、やがてイカもトビウオのように飛んでくる、という説に落ちついた。しかしイカにそんな飛ぶ力があるのか、という疑問が残った。イカが体の中に吸い込んだ海水を吐き出す力で推進している、ということはわかっていたが翼もないのにトビウオのようにそんなに遠くまで飛べるのかどうか、は不明のままだった。

後日判明したのは、イカは五十メートルから六十メートルも飛べる、ということだった。羽根をひろげて風に乗って飛ぶトビウオよりもロケットと同じ原理で海水を噴射して飛び上がるイカのほうが長く遠くまで飛べる生き物らしい。

コン・ティキ号の人々はその海域にいるあいだ朝方甲板からイカをひろってよく食べたようだ。それはイセエビと消しゴムをまぜたような味だった。コン・ティキ号のなかでは一番下等な献立だったようだ。

六月十日。赤道海流に乗って南海の島々にもっとも近いエリアに入ってきた。南緯六度一九分。マルケサス群島の一番北の端も通りすぎた海域を筏は順調に流れていた。

沢山のサメが常に筏のまわりを回っていた。そこで全員でサメ狩りをすることになった。この描写が凄まじい。二メートルから三メートルぐらいのサメのいわゆる入れ食い状態になり、甲板はまだ生きているのか死んでいるのかわからないサメだらけになった。うかうかしているとサメの血で滑って海に転落してしまう危険まで出てきた。それら殺したサメの血でさらに近隣中のサメを呼んでいる、ということに気がつき、甲板上のサメを全部海に捨て血だらけになった甲板の上敷きも捨て清掃し、あたらしい竹むしろを敷いて一息ついた。

世界でいちばんうまいもの

「七月三〇日の前夜、コン・ティキ号のまわりに奇妙な変化があった。たぶんそれはなにか新しいことがおこりつつあることを示す頭上の海鳥の耳を聾する叫び声だったのだろう。様々な鳥の叫び声は（この三ヵ月間）生命のない綱の死んだギーギーいう音の後ではあまりにも熱狂的であまりにも地上的だった」

ヘイエルダールの日誌は感動的に続く。

「六時にヘルマンがギーギー軋りながら揺れている帆柱を登ったとき、夜があけはじめていた。十分後に彼はまた縄梯子を下りてきてわたしの足をゆすった。

『おもてへ出てあなたの島を見るんだ！』」

それは必ずしもペルーを出るときコン・ティキ号が目標とした島そのものではなかったけれど、その群島の一部に違いなかった。

そこに上陸しようという目論見にみんな活気づいたが、動力を持たない筏には頑健に島をとりまいている珊瑚礁ほど危険な障壁はない。しかもそこは無人島らしく島からの援助は得られない。死をかけたこのすさまじい奮闘の顚末はもはや同書を読んでもらうしか語る能力もスペースもない。

結末近い状況での描写を紹介して、この素晴しい実験漂流記の紹介をしめくくりたい。

「ああ、航海は終わったのだ。我々はみんな生きていた。我々は人の住まぬ南海の小さな島にのりあげたのだ。なんと素晴らしい島だろう。（中略）あおむけに倒れて椰子の梢と、うぶ毛のように軽い白い鳥たちを見あげた。いつもじっとしていられないたちのヘルマンが小さな椰子の木によじのぼって、ひとかたまりの椰子の実をもぎ取ってきた。我々はまるで卵でも切るように、その柔らかいてっぺんをナイフで切って、世界で一番おいしい清涼飲料水、種子のない若い椰子の実から出る甘くて冷たいミルクをゴクリゴクリと喉を鳴らして飲み干した」

十六中年漂流記

偶然の遭遇

漂流記にはカテゴリーがいくつかある。江戸時代の千石船の漂流などは、当時の日本の鎖国政策が背後に冷酷に関与していて、遭難漂流の原因は類型化している。

もっとも恐ろしく世界にも例のない漂流は意外なことに日本でおきたもので『流れる海　ドキュメント・生還者』（小出康太郎著、佼成出版社）だろう。これは三十年ほど前、モリ突きのダイバーがアクシデントで三日間流されてしまう、という残酷きわまりない漂流体験だ。ぼくもダイビングをやるので、その恐ろしさは具体的に想像できる。

そういういろいろな漂流記を捜しもとめていた頃、むかしの資料に垂涎もののタイトルを見つけることがあった。古文書などは持っているものが多かったが一冊、古い広告チラシで古色蒼然とした装丁のボロボロの本の写真が目にとまった。

『無人島に生きる十六人』（須川邦彦著）である。四六判ハードカバー。内容紹介や帯などはないからそれがどういう本なのかそれ以上くわしくはわからなかった。タイトルからして『十五少年漂流記』に似ている。子供向けのボーケンものか。講談社の本だった。古い本とはいえ一流出版社から出たものだ。

仕事がら講談社にはあちこちの部署に知り合いがいる。さっそく問い合わせてみた。三〜四日ほど時間がかかったが様子がわかり予想したとおり、もう絶版であるという。

「おたくの図書館にもないのですか」

素直な編集者ですぐに調べてくれた。

「図書館にもなくて資料室にたった一冊ありました」

おお。よくぞそこまで調べてくれた。

「ただしですねえ。この本は当社にも一冊しかないそうで、門外不出扱いになっているんです」

漂流記フリークとしては、こういう門外不出というのは殺し文句に等しい。ぼくはその編集者にネコナデ声で、そんなに急がなくてもいいからそれ全編コピーして貰えないだろうか、と頼ん

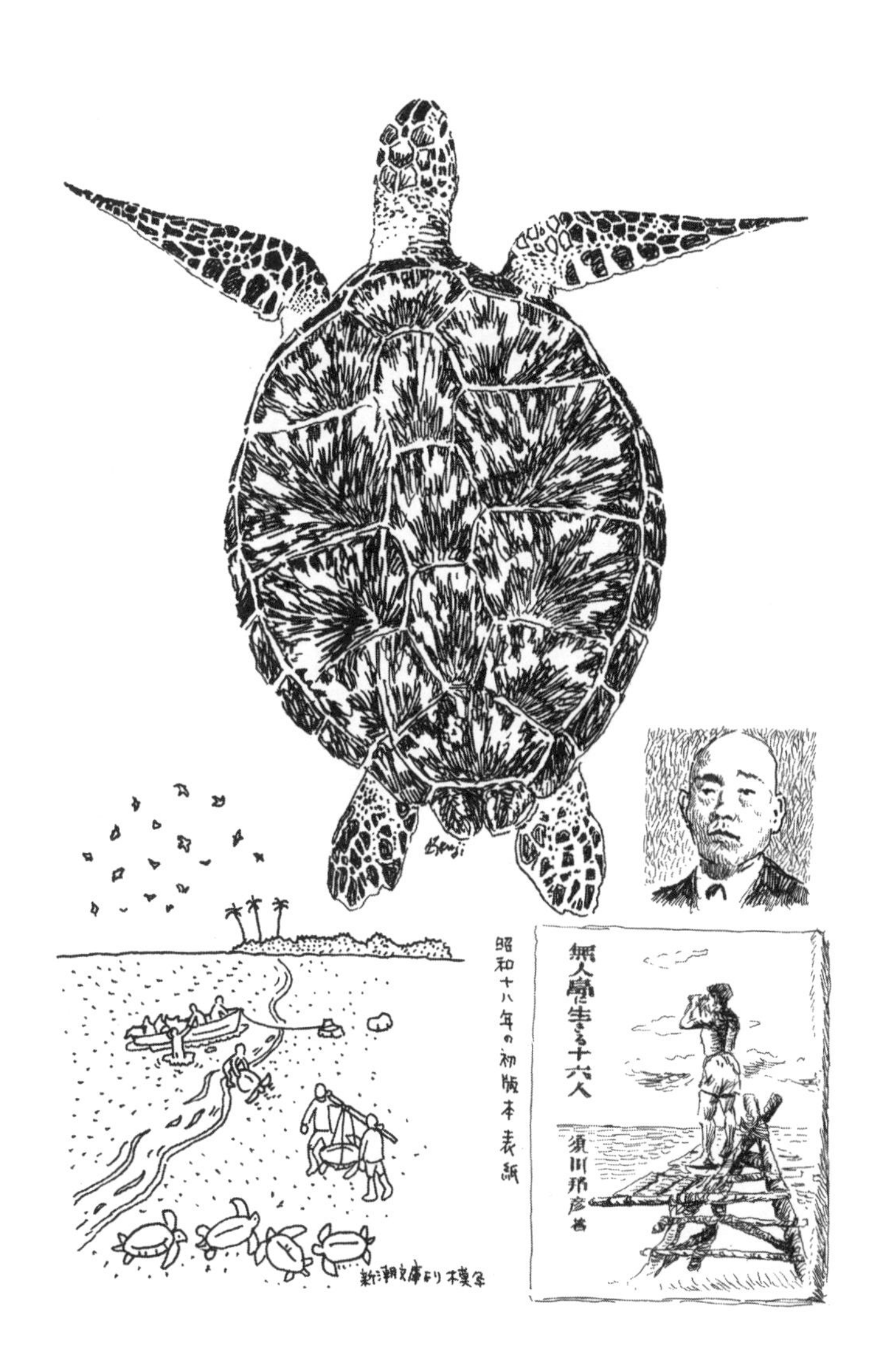

昭和十八年の初版本表紙
無人島に生きる十六人
須川邦彦著
新潮文庫より模写

だ。本心は「今すぐコピーしてそのまま送ってくれえ！」だった。

「あっ、それなら簡単ですよ」

いい奴なのだった。こいつとはこれからもっといい仕事をしよう。

手に入ったその日のうちに読んでしまった。最初に疑ったのを詫びるほどに実にまったく面白い。面白すぎて日本の明治時代にジュール・ヴェルヌみたいな人がいてその人が書いたのではないかとさえ思った。

題名のように十六人のおじさんや青年の乗った船が太平洋のまっただなかの無人島に漂着し、そこで苦労してサバイバル生活をおくる話だ。

七十六トン、二本マストのスクーナー型帆船、というから船としては小型、かわいいスケールだ。この船が座礁して太平洋のちっぽけな無人島に漂着する。そうして厳しくもすばらしい十六人のおじさんおよび青年らのタタカイがはじまるのだ。

前半に明治三十二年五月。ミッドウェイ諸島に近い（といってもだいぶ離れている）パール・エンド・ハーミーズで座礁、という記述がある。かれらが漂着した小さな島から銅板にクギでそう書きこみ流木に釘で打ちつけて流した、とある。

この船が座礁して漂着したのだが、その船の主な目的は漁業調査だったらしい。作業の主軸はサメとウミガメと海鳥の捕獲。その帰途に遭難したのだ。巨大な珊瑚が連なる海で小型の帆船が座礁すると悲惨である。投錨した錨は分断され固い珊瑚の海に弄ばれて半壊状態で叩きつけられてしまう。半壊した船から比較的大きな岩に太綱をさしわたし、独特の方法で十六人はなんとか船から脱出し、ひっぱり出した工作道具や生活道具、わずかに回収した食料などを岸にまで運ぶ。このへんからすでにこの漂流記の過激な展開に心を奪われる。あとはおわりまで一気読みだ。あまりの面白さにこれはフィクションかもしれない、とも思った。島の名前も海域も何も書いていなかったのだ。

読みおわって「おもしろかったあ」とよろこんでいるときに新潮社のグラフィック雑誌で日本海の島に取材にいくことになっていた。編集者、カメラマンなど四人組である。

道々ぼくが面白い本だった！　と力をこめていうものだから同行編集者の一人が興味を持った。サウジ君（あだ名）である。本当はショウジ君というのだが父親の仕事の関係でサウジアラビアで育った。だからということか思考関係がちょっとエキセントリックだ。たとえば、日本海の離島のしけた掘っ建て小屋の観光ラーメン屋のおばあちゃんに、メニューにある「海鮮ラーメン八五〇円と、スペシャルラーメン七五〇円のグレードはどう違うのですか」などと真顔で質問している。

「バカかおめえ」

「島から一度も出たことのないようなおばあちゃんに、グレードとはなんという」

編集部の先輩に呆れられていた。

どっちのグレードが上か忘れたが、ラーメンを食い終るとサウジ君はぼくがしきりに面白がっていたその本のコピーをぼくに読ませて下さい！　と力づよく言うのだった。

そのようなやりとりをすっかり忘れていたころ、サウジ君から電話があり、

「あの謎の漂流船の乗組員が十六人そろって日本に帰還した、という古い新聞を見つけました。それをもとに著者の遺族とも連絡をとれるかもしれません」

そういう知らせが入ったのだった。でかしたグレード・サウジ君。

それから数カ月後だったろうか、またサウジ君から連絡があって、

「あの本を新潮社で文庫として再生できることになりました。勿論講談社にも連絡しました。したがってその解説を書いてください」

十六人のおじさんと青年の暑い島での辛く不安でハラペコで、あるときは太平洋の孤島でしか味わえない歓喜の日々の概略をぼくは喜んで書きはじめた。

巨岩と大波の海からはい上がる

この小帆船「龍睡丸（りゅうすいまる）」は北海道千島列島先端の占守島（しゅむしゅ）を母港として内地との連絡が主な業務であった。冬のあいだは東京の大川口（おおかわぐち）に停泊しているわけだが、船長はこの期間にまだ航海したこ

とのない南洋の海にこの船で行ってみたい、という思いがあった。

それが実現しつつあった。

船長はこんなことも考えていた。

日本の南東の端にある新鳥島は火山島であるから噴火にからんで海底が海面に出てきたり再び沈んだりしている。そしてその近くに海賊の基地がある、という話がある。それを発見したら海賊の隠した財宝が見つかるかもしれないし、日本の漁船の安全操業にもたいへん役立つだろう。そのほか南海にはマッコウクジラが吐き出すクラゲに似た龍涎香(りゅうぜんこう)という、一グラム=金一グラムもする高価なタカラモノが漂っているという。それの百キロぐらいのかたまりもあるというからすばらしい話ではないか。

この船の乗組員で紹介されている人はリーダー格で同書では運転士と書かれているのだがどうも帆船にはなじまない呼称だから航海士などと勝手に解釈してしまった。続いて漁業長、の役職の人は漁船の現場では船長以上の権威があるという。その下に実地の体験から鍛えあげ、人並み外れて実力のある水夫長。このほか報効義会(ほうこうぎかい)(開拓組織)の会員四名。この人たちは占守島に何年か冬ごもりして艱難辛苦をして漁業に立派な実績を持っている。ほかに二名の練習生と小笠原諸島で捕鯨船の手伝いをしていて日本に帰化した人が三人。このほかに水夫と漁夫が三人。あとひとりはこの本の語り手であり後に東京高等商船学校の教官となった船長の中川倉吉氏。

話の背景を説明しているうちに随分紙数を費やしてしまった。

したがってこの華奢な帆船の運命が怪しくなるところまで一気に話を進めてしまう。

ミッドウェイの近くの海域からの帰途、サメとウミガメをたくさん獲って、油をだいぶ採取したあとに思わぬうねり波に巻き込まれたところまで書いた。

その波はすさまじく、どんどん船は暗礁にひきよせられ、まもなくのりあげてしまった。

絶え間なく打ち寄せる波濤によって木造のスクーナーはどんどん破壊されていく。

十六人は、もう半ば死にかけている船から熟練した船員ならではのロープワークで比較的安全な岩にとりついた。沢山つんであったコメは二俵がなんとか救いだせ、肉や果物の缶詰やカラの石油缶をいくつか。マッチと井戸掘り用の道具などを岩の上に持ってくるので精一杯だった。

小さな砂の島に漂着

流出を逃れた小さな伝馬船に十六人が乗り、船から取り外した木で作った間に合わせの筏になんとかひっぱりだせたものを乗せ、それをひいて珊瑚礁への激突をさけながら砂浜の海岸がある小さな島に上陸することができた。そこは岩などひとつもなく本当に砂浜だけのところで海抜も一メートルぐらいしかない。龍睡丸は荒れ狂う波濤によって岩に何度も叩きつけられもう完全な残骸になっていた。

必死に島にたどりついた十六人はみんな無事だった。全員助かったお祝いに果物の缶詰をひとつだけあけ小さな匙でひとしずくずつその甘さを味わった。

しばらくすると「島が見える」とさけんだ者がいた。指さす方向を見ると、いま立っている島よりも、三、四倍は大きそうな島だ。「それ、あの島だ」。一同は伝馬船に飛びのり、その島をめざした。

まず一番に必要な井戸を掘ることになった。しかし砂地と思われたその下は珊瑚礁がひろがっていて簡単には穴が掘れない。その一方で蒸留水づくりの班が珊瑚のかたまりと砂、それに石油缶と島で見つけた流木を使って海水を沸かしはじめた。

ガツンガツンとした岩だらけの地盤に苦労しながら交代でなんとか四メートルほどの井戸を掘ると白い水が出てきた。しかし塩からくとても飲み水にならない。

一方蒸留水は珊瑚と砂のかまどと石油缶を三つくみあわせた蒸留器で一時間海水を沸騰させ、やっとオワンの底に少々、という程度しか集水できなかった。炎天下の労働に口のなかは水欲しさに膨れ上がったようになっている。

別の班は自分らで運んできた木材と帆を使って大きな天幕で小屋を作った。井戸は別の場所にまた二メートルほどのを掘ったがやはり白い水だった。もうひとつ掘った二メートルの井戸も少しは塩が薄まっていたがまだ人間が飲めはしなかった。彼らはやがて草の根に近い浅い井戸のほうがいい水が出るのかもしれない、とためしてみるとまだ塩辛さは残るが蒸留水をまぜるとなんとかひと口ずつは飲めるような水を得ることができた。

ウミガメが沢山いた

やがて炊事班が大急ぎで作った、島で最初の「めし」が用意された。島には正覚坊（しょうがくぼう）（アオウミガメ）が沢山いた。甲羅の大きさが直径一メートルもある。それを焼いた肉と海水で煮た潮煮は牛肉よりもうまかった。空腹の極みにきていたのでみんなむさぼり食った。

翌日の食事が終わったあと航海士が「みんなの知っているとおりコメは二俵しかない。これをできるだけ長くもたせるために次のめしから重湯にして一日に三度飲むことにして、あとは魚やカメの肉で腹を作ってほしい」

そう言い、全員がうなずいた。

そしてその日から全員服を脱いでそれはなにかのときのためにちゃんとほして乾燥させ、大切に保管し、ずっとハダカで生活することにきまった。

またもや全員がうなずいた。

さらに翌日から蒸留水を作ることをやめた。考えた以上に沢山の燃料がいることがわかったからだった。そのかわりしばしば降ってくる雨（スコール）を天幕でうけとめ、一カ所にあつめて石油缶に保存し、井戸水にまぜて飲むようにした。

火もマッチに頼っていたのでは直に使い切って悲惨なことになる。そこで晴れている日は双眼鏡の凸レンズを使って太陽光線から火を作るようになった。けれどこれも晴れていないと役にはたたない。そこで空き缶の中に砂をいれ、そこにアオウミガメから採った油をつぎこんで、油のしみこんだ砂の上に灯心を差し込み、火をつけると立派な行灯(あんどん)になった。風に消されないように缶詰をいれてあった木箱でまわりに枠をつくり帆布の幕を垂らすと自由に持ち運べる万年灯になった。

まわり中、魚だらけ

初日に捕まえたアオウミガメがなくなると魚釣りに集中した。十六人のなかには釣り名人がたくさんいた。ヒラガツオ、シイラ、カメアジなどがいくらでも釣れた。魚は刺し身にするのが手間も燃料もいらないからいちばんありがたく、焼き魚、潮煮やシャベルの上でカメの油で炒めたものなどを食べた。

島の北側から砂浜続きに小さな出島のようになっているところがあった。その出島をねじろにしているのは大小のアザラシだった。アザラシは魚とりの名人だ。魚をとるときはみんなで潜って沢山食べ、満腹すると半島のあちらこちらに上がってきて日にあたってのんびりしている。全部で三十四ほどいたがやがて仲よくなっていった。

その群れを見て船長は、

「あのアザラシには当面なにもしないようにしよう」

と言った。人間たちが食べるつもりでかれらを襲えば最初のうちは何頭か捕獲することはできる。でもそれによってアザラシが用心、および敵対してみんなどこかに行ってしまうのではまずい。彼らは人間に何もしないのだし、我々も何もしない。でももし我々がまったく何も食べるものがなくなって飢え死にしそうになったとき、彼らを食べてしばらく生き延びることができるかもしれない。

だから、たとえ捕まえるわけではないにしてもあのアザラシ半島に無闇に入り込んでいくのはやめよう。

船長はそういうことを決まりごとのひとつにした。

海抜四メートルの見張り台

島は平均標高二メートルだった。島で一番高い西の草地でそれより少し高い四メートル、というところだった。その上に見張り台をつくり、常時見張りをおいてまわりを航行する船に注意していよう、という意見がまとまり、みんなで見張り台づくりをはじめた。といっても材木は流木ひとつないから砂浜からみんなで砂を運び、砂山を作ろうという根気のいる作戦がはじまった。石油缶などに砂をいれてみんなでひっきりなしに砂を運んだが、やがてアオウミガメの直径一メートルもある甲羅に砂をいれてロープをつけ、みんなで運ぶ、ということを思いついた。間もなく四メートルほどの文字通りの砂山ができた。もともとの高さと合わせると八メートルになりそのてっぺんに交代で見張りがつく。

見張り役は当番制になったが、二番目に見張りに立ったものから素晴らしい発見があった。その山の上から見える浜に沢山の流木が流れ着いているのを見つけた、というのだ。大急ぎで行ってみると大小の流木が本当に沢山打ち寄せられている。みるとそれは波によって分解された自分たちの「龍睡丸」のものだった。でも帆桁（ほげた）である長く太い丸太などもあり、すべて役にたつものばかりだ。

早速その帆桁をつかって見張り台を囲むようにヤグラをつくり、海面から十二メートル半もある立派な見張り台を作った。視野はぐんと広くなった。しかしヤグラから遠くをいく船を見つけても、先方にこの場所が発見されなければ意味がない、ということになり、そのまわりに魚の骨、カメの甲羅、枯れ草、板切れなどを積み重ね、ウミガメの油を入れた石油缶を常備していつでも火と煙を焚けるようにした。雨に濡れるのをふせぐため、普段はその焚き火の材料の山に帆布をかけておいた。

季節や水温、水流の変化があるのだろう、ある炊事担当から急に魚が釣れなくなった、という報告があった。

「それでは網をつくろう」

魚のことならなんでもくわしい漁業長が言った。みんなで帆布をほぐしてとった糸によりをかけ、板をけずって網すき針をつくり、オモリは流木についていた大きなクギや金物など。たりないところは大きなタカセ貝などを使い、十四日間で長さ三十六メートル、幅二メートルの立派な網ができた。

これを伝馬船に積んで総がかりで網をしかけた。すると網いっぱいに魚がとれ、てんてこまいになった。これからも毎日魚を捕る必要があるから、と当座食べる分量だけ持ち帰りあとは海に逃がした。

その頃から島には日ごといろんな種類の海鳥がやってくるようになった。アヒルくらいの大きさのオサ鳥、軍艦鳥、アジサシ、頭の白いウミガラス、大きなアホウドリなどなど。

かれらは群れごとに集まって卵を産んでいた。その接近度合いも二メートル四方ぐらいに六、七十も産卵するので海岸は国別に色をわけた地図のようになった。

十六人は卵をひろって歩いた。それはゆでタマゴにしたり洗ったシャベルにカメの油をひいて魚肉入りのオムレツにしたりした。その本には書いていないがいろんな鳥のタマゴを食べられるので鳥によって味わいがずいぶんちがっていただろう。軍艦鳥やアホウドリはとても大食いで口から胃まで沢山の魚を呑み込みくわえて海から戻ってくる。

海鳥そのものの肉はあまり食べなかったようだ。

「贅沢を言うようだがアオウミガメの肉を食べているとだいぶ差がついてまずかった」という記述がある。

ウミガメ牧場

鳥の大群の産卵がすむとアオウミガメが陸にあがってきて産卵するようになった。ウミガメは陸にあがってくるとしかるべきところに後ろ足で丁寧に穴を掘って、大きなアオウミガメは一頭で九十個から百七十個ほどもまんまるいタマゴを産む。タイマイは百三十個から二百五十個ぐらい産む。産みおわると丁寧に砂をかけてまた海に戻っていく。

それらを捕まえて食べるのは容易だが、ウミガメの上陸も日ごと数をましてくるのでもてあましてくる。そこでやがてくる冬に備えてウミガメを飼育するようにしたらどうか、という意見が出てきた。

アオウミガメの卵はまん丸でいくらゆでても白身がかたまらないことを知った。しかしとてもおいしい。タイマイのタマゴもうまいが親の肉は臭みがあってまずかった。アカウミガメの肉も、においがあって、食用にならない。いずれにしろその二種類ともタマゴはうまいのでそればかり食べていたからなのか全員完全な便秘になってしまった。

野菜をちっとも食べないからだ、と考えて島にはえている草をよく調べたら四種類あることがわかった。そのうちワサビに似た草があるのを発見し、それをさしみにそえて食べるとなかなかうまい。同時に海水をおわんに半分ぐらい飲むようにしたら全員の便秘がなおった。

ウミガメを飼うにはどうしたらいいか。以前掘ってつかいものにならなかった井戸のなかにいれておいたら、まもなくみんな死んでしまった。

そこで海岸の波打ち際に杭をたくさん打ってその杭とカメの後ろのヒレにしっかりと索を結んでおいたらカメは空腹になると勝手に海に入って魚を食べ、あとはおとなしく砂浜に戻ってきて甲羅干しをしている。そういう牧場を二カ所につくり沢山のカメを飼うことになった。もちろん全体の面倒を見るためのカメ係も交代の役割になった。

船長は前に海図を見て、西の方に別の島があることを覚えていた。島といっても高さは殆どなく、自分たちのいる平均標高二メートルぐらいの平らで心細い規模だ。

アザラシ半島にいくといつでも沢山のアザラシに会えた。船長の最初の命令と約束を守り、誰もアザラシに危害をくわえようとはしないので、人間をはじめてみたアザラシたちはたちまち人間と仲良くなった。とくに親しくするためには釣った魚を手土産に持っていくと友達になるのも早かったが、人間から見ると個体の見わけがつかないだろう。しかし親しくなったアザラシはその人をむこうから見つけてくれるようになった。そしてそばにくると甘えて寄りそってくるようになったというから可愛い。

乗組員のひとりととりわけ親しくなった大型アザラシの友情など読んでいると思わずのめりこんでしまう。

船長が岩の上に立って棒切れを海に放り投げる、アザラシはいっせいにその棒切れを追っていき、一番早く嚙みついたのがほうりなげた人間のところに持ってきて、さらに投げてくれ、とみんなで待っている、というエピソードもある。

「宝島」の発見

西の方にある島には伝馬船でいく。一番最初は漁業長と船長、櫓をこぐのがうまい四人のタンケンタイで出撃することになった。飲料水として雨水を石油缶に、井戸掘り道具、宝物のように厳重に防水されたマッチの小箱、釣り道具、万一のためとして缶詰数個を持って天気のいい日に出発した。

海図も羅針盤もなにもなし（珊瑚礁に座礁したとき大波にもっていかれた）、太陽の方向と長年の船乗りのカンをたよりの船出だった。出発する島も目指す島も高さが殆どない平らな島だったから伝馬船の中からは目標の島はまるで見えなかった。

だから途中いろいろな経緯があって、大変な苦労をするが、ここではテーマは「食」に集中しているのでそれらの話もはしょっていかなければならない。

どうにか到着したその島は本拠地の島の倍の大きさがあり、草や蔓が繁っているが木は一本もなかった。海鳥がたくさんいて島のまわりは流木だらけだった。ウミガメもごろごろしている。

「これはいい島だ」

「宝の島ですよ」

「よし、宝島と名をつけよう」

草の多い島だったがブドウのような美しい紫色をした実のなる草がある。みんなはじめて見るものでおいしそうだったが、果して食べられるのかどうか。医者も薬もない無人島暮らしでみんな用心深くなっていたからそのへんがもどかしい。

これは後の話になるが、とりあえずそこそこの量を持ち帰り鳥やカニやカメなどでためし、無害だろうと見当をつけて食べてみたらこれがすこぶるおいしく、体などはむしろ健康に、元気になり、以来島にいくとそれをたくさんつんでくるようになった。

「ここは宝島だ」

その宝島で井戸掘りにも挑んだが土のすぐ下はやはり珊瑚礁で水の出る見込みはなかった。けれど魚は沢山釣れた。第一回目のタンケンタイは伝馬船に流木とカメを沢山載せて夜中に帰った。流木はまだまだいっぱいあるので、これから入用になったら「宝島」がある。タンケンタイは胸を張った。

炊事班から「塩があるといいんですがねえ」という注文がきた。みんなも同じような願いがあったから「それはできないことではない筈だ」というはっきりした反応があった。

「魚の塩焼きなんてたまらないもんなあ」

そこで皆で頭を寄せて考えはじめた。

塩づくりへの挑戦

塩づくりを実際にしたことがある者はいなかったが、それぞれに軽い知識はある。

「まわりはきれいな海。砂浜に強烈な太陽。天日製塩法の条件はそろっている」

「けれどこの島の海岸の砂は珊瑚がくだけたものでできている。日中砂浜を歩いていても、足のうらが熱くならない。日本の海岸の塩づくりとは条件がだいぶ違うんじゃないだろうか」

いろんな意見がでた。

「いちばん確実なのは海水を煮つめて塩をとることだ」

幸い、宝島から沢山のタキギを持ってきてある。石油缶に海水をいれて煮詰めると塩ができる筈だ。やってみるとたしかに塩はできるが石油缶ぐらいの海水の量ではほんのちょっとしかできない。沢山のタキギを使うわりには見返りがすくなすぎる。

またみんなで頭を寄せ合い、いろんな知識をだしあった。

漁業長がいいことを思いついた。

「海綿の大きなのを集めて海水をかけ、天日で乾かしてはまた海水をかける。これを幾度も繰りかえしてしまいに海綿が塩分のたいへん濃い汁を含むようになったとき、その海綿をしぼりだして汁を煮詰めたらいいと思う」

さすがに人生の殆どを海で過ごしてきた苦労人だ。それならそんなにタキギをつかわずいかにも効率がよさそうだ。

みんなは感心してうなずいた。

さっそくその日はみんなで海綿集めとなり、浜に穴を掘ってその大量に集めた海綿を埋める。そうして一～二日すると海綿の虫が死ぬのだという。その一方、炊事場のカマドの灰をかき集めて桶にいれ、井戸水をいれて黄色のアクをこしらえた。

海綿は二日間砂にうずめておいてから日光にさらし、それからアクでよく洗ったら、オレンジ色の立派なものができる。このたくさんのきれいな海綿を砂の上にならべて海水をかけ、半がわきになるとまた海水をかけ、それを何度もくりかえすと、しまいに濃い塩分を含むようになる。

それを石油缶にいれた海水の中でよく揉みだして、しぼりだし、その水を少しのタキギで煮詰めるとかなりの塩ができた。まだ不慣れなのでねずみ色でゴミが多かったが立派な塩だった。ずいぶん手間がかかったがこれで早速とりたての魚の塩焼きを作ってもらって食ったらうまいこと。全員大喜びである。

ここで釣れる魚はイソマグロ、カツオ、シイラ、カメアジなど。イソマグロやカツオの刺し身などいままで醬油なしで食べてきたが、塩で食べても、魚が新鮮だから十分うまい。新鮮な魚の刺身を塩で食べるのは高級料亭の食い方でもある。しかしときとしてアカエイなどが釣れる。アカエイは尾の付け根にするどい毒針があって、大きなのに体力の弱った人が刺されると死ぬこともあるという。あるときは長さ二メートル、太さが人間の足ほどもある海蛇があがってきたこともある。そういうスリリングな魚とのつきあいも長いあいだの島暮らしで気鬱にならずにすむ出来事だった。

十六人は、ある日突然、見張りやぐらの当番によって発見されたスクーナー型の帆船によって救助された。漁にきた日本の船であった。

島の十六人は声にならない、よろこびの叫び声で、合図の「のろし」をめがけてやってくる「的矢丸（まとやまる）」を迎え、全員無事に帰国したのだった。全編これほど楽しく読める漂流記ものは珍らしい。

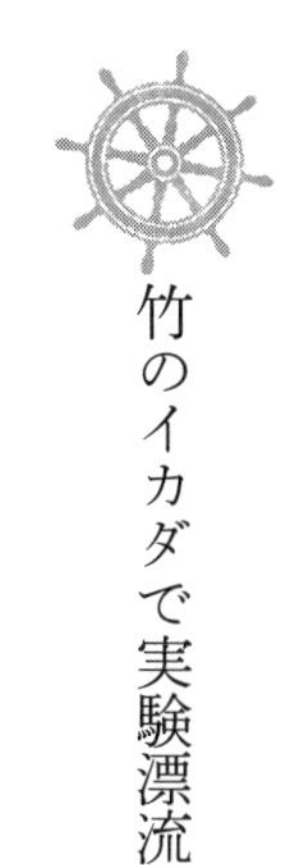

竹のイカダで実験漂流

すべて竹で組み合わされた筏

挑戦的、積極的な漂流として名高いのは、トール・ヘイエルダールが古来の世界的な民族移動の一端を身をもって体験、自説を立証した「コン・ティキ号」による実験漂流だろう（157ページ参照）。

出発地ペルーに世界でもっとも浮力のある大木「バルサ」が生える。その木で筏をつくり、世界各国から集めた五人の乗組員と太平洋を海流と風だけで渡った。

ヘイエルダールはその次に古代エジプトのパピルス（葦）だけの巨大な筏をつくり、やはり実験漂流を実現させた。

今回とりあげる『竹筏ヤム号漂流記 ルーツをさぐって2300キロ』（毎日新聞社編、毎日新聞社）はそのアジア版である。竹はアジア特有の植物。国内に六百、世界で千二百種をもち、その北限は日本と言われている。

太古、東南アジアの人々は黒潮を利用して太平洋を上昇し、日本にコメやムギ、イモなどを持ち込んできたのではないか、という仮説のもと、この漂流はくわだてられた。それを象徴して筏の名称は「ヤム」になった。

出発地であるフィリピンおよびその周辺ならどこでも収穫できるヤムイモから名を得た。ヤムイモは巨大な根塊（こんかい）になり、ねばついている。感触は日本のヤマイモに近い。ただしゴボウのように細長い日本のヤマイモとは異なり、形態は球形の根塊であり、ときに直径五十センチほどにもなると言われている。

ヤムイモのとれるところではタロイモが多くとれ、これは主食に近い存在だ。

この実験漂流は記録では四百五十本の真竹と総延長一万メートルに及ぶナイロンロープとマニラロープによって作られた。

竹は三種類使い、太いもので直径八センチから十三センチ、細いもので三センチ程度。太く強いものと細くてよくしなるものを巧みに組み合わせて作っている。筏は三重になっていて前部の

Taro
Root
竹筏ヤム号漂流記
ルーツをさぐって2300キロ
毎日新聞社編
Yam
Root

デッキが高さ七十二センチ。中央部六十七センチ、後部八十四センチ。かなり厚い。

その上に竹を組み合わせた居住区が作られている。普通の船でいうと「操舵室」「居住室」、クルーに二階と呼ばれている多目的デッキなどで構成されている。

筏の長さは十四〜十五メートル。幅四・五メートル、甲板のなかほどにカマボコ型のキャビンがある。切り口側の幅は二・四メートル、横の長さ三・八メートル。これも竹で骨組みをつくり、ニッパヤシの葉で屋根をふいてある。ラダー（舵）、スタビライザー（揺れどめ）、食卓などはギーホというフィリピンでとれるいちばん硬い材質の木がつかわれた。

ヤムイモ捜し

実験漂流の目的のひとつは日本人のルーツをたどること。まだ船というものがない古代に黒潮に乗って日本までたどり着いた東南地方の人々は、竹の筏に乗って海を越えてきたのだろう、という仮説は柳田國男の『海上の道』にも書かれている。そのときヒトと一緒にイネも運ばれたのだろう、と推測されていたが、後年、正確ではない、と指摘されるようになった。そのかわりタロイモやヤムイモを運んだのではないか、と竹筏の実験漂流者は考えた。

竹筏による北上漂流が「イネの道」ではなく結果的に「イモの道」になった、というのは彼らのかろやかなユーモアに満ちて楽しい。次に乗組員を紹介しよう。

リーダーの小原啓（四十六歳）はテレビディレクター。ヘイエルダールに師事し、葦船ラーII世号（ラー号に続いて一九七〇年モロッコから出航した）で大西洋を渡った。

今回の竹筏ヤム号の船長だが船長ではどうもしっくりしない。かといって正確に「筏長」などという呼称も強引すぎるような気がする。岩波映画製作所でドキュメンタリの仕事をしたあとフリーカメラマンをへて日本映像記録センターでTVドキュメンタリを制作している。日本映像記録センターは牛山純一氏が経営し、数々のドキュメンタリを制作した。NTVが多かったように思うが高校生ぐらいのぼくはその時代に記録された数々のドキュメンタリを見ていた。

大津善彦（三十五歳）はカメラマン。水中撮影のプロとして参加した。その助手、山本良行（二十八歳）。毎日新聞の倉島康記者（四十四歳）。岡崎一仁カメラマン（二十九歳）。オルピアダ（四十一歳）、メルカダー（三十二歳）はともにフィリピン国営放送カメラマン。

一九七七年、五月三十日、フィリピン・ルソン島のアパリを千名ほどの島人に見送られて出航した。ヤム号は現地で最初から組み立てられていたので島人の人気と期待を集めていた。

目指す鹿児島まで二千三百キロ。結果的に三十四日間の漂流だった。

出発まで果てし無いのではないかと思われるさまざまな準備が続き、一番最後に忘れずにやることはヤムイモを手にいれ、積み込むことだった。そんなのなんでもないこと、とみんな高をくくっていたが、いざとなるとなかなか見つからない。この島の人々の伝統的な食材のひとつだと思いこんでいたのが大慌ての原因だった。

あちこちそれを掘り出していそうなところの見当をつけていたのだがまったく見つからない。これを積み込まずタロイモでまかなうとしたら「竹筏タロ号」になってしまう。冒険犬の漂流記の感覚だ。でも見つからない。

「ヤムを得ませんな」

などというヤケッパチの親父ギャグが出てくる始末だった。こういうのはたいてい仲間内で出てくるものだが、このヒトコトにぼくは本気で笑った。ヤケクソ・センスというのはときに力のあるものなのだ。

出発前の思いがけないアタフタは出航地からクルマで二十分ほど走ったところの農家で発見、解決した。

訳を話すと十二、三歳の少女が自分のところの広い畑の一角に案内してくれて鉄棒で地面を掘り返し、ウリほどの大きさのイモをひっぱりだした。少しキズをつけて嘗めると日本のヤマイモそっくりの味がした。水につけてアクを抜き、ゆでて主食にしたり魚や肉と一緒に煮るという。ヤムイモ探索隊はそのあと掘りだした一抱えもある大きなヤムイモを買い入れた。これを荒波から守りぬき、ゴールの鹿児島まで持っていくのだ。

かくてすべての準備が整った。

出航のときの騒乱ぶりは一枚の写真でだいたいの見当がつく。港の一角から出ていく筏への村をあげて、というより島をあげて見送る大声援が聞こえてくるようだ。

筏だから動力はない。後部にとりつけた二つの帆が走っていくための動力のすべてだ。帆は二枚あった。メーンセールが縦三・三メートル。横四・六メートル。セカンドセールが縦二・〇八メートル。横三・〇八メートル。

実際に海洋をはしりだしたがヤム号は自重七・五トン。荷物や乗務員を加えると約十トンとなり、この二つの帆が受ける風では快適な推進力となるには不足すぎた。けれど甲板中央にあるカマボコ型のキャビンが筏の真ん中でどっしりと追い風をうけ、推進力を得る大きな助けになったのだった。

見ているだけで安心の食料類

ヤム号はフィリピン、ルソン島のカガヤン河の河口から海に出た。船の土台に三層の竹をびっしりはりつめたのは正解で、全体で荒波を切る、というわけにはいかないが、水中に三層甲板が沈み、思った以上にきっちり浮かんだ、という意味の感想を乗組員各自が語っている。三層の竹は基本的に隙間だらけだ。その日のうねりや波の具合によって海水は三層の甲板まであがってきてしまう。濡れたくないときはキャビンの上に作られたアッパーデッキ（フライデッキ、屋上、上甲板、物干し台などとさまざまな呼称で呼ばれたが、最終的に〝二階〟の呼称に落ちついていた）に上がった。

そこは壁も屋根もないのだから風がとおり抜けるし、夕食がすんでそのままいると満天の星となり、気分よく寝てしまえる屋上寝室にもなるのだった。その一段下がカメラや電子機器など濡れては困るものをいれておくスペースになる。

書き忘れていたがヤム号にはフィリピン政府からベサン号という沿岸警備艦が護衛についている。途中で待ち合わせ場所をきめている日本の漁船に受け渡すまで、ヤム号と無線連絡ができるようになっている。ヤム号の乗組員からすると過保護のような気もして必ずしも歓迎しているサポートシステムではなかったが、二つの国の国際問題も関連しているから、従わざるをえない護衛だったようだ。

こういう実験漂流は出発するまでが大変だ。日本にむけて風まかせの航海にはまだまだ書いておかなければならないことがいっぱいあるのだが、あまり厳密に書いていると、その間に日本に漂着してしまいそうだ。

漂流者が海の上で何を食っていたか、という大テーマのもと、ヤム号が出航地から用意していった食料の主なものを書いておこう。

といっても代表的なものだけだ。

主食

アラビア風パン＝二百個。コメ＝三十キロ。スパゲティ＝十束。

副食（缶詰）

ポークビーンズ＝三十。コンビーフ＝七。ポーク＝十四。チョリソー＝三。グリーンピース（小）＝十。フルーツポンチ＝二。ピメント＝二。パイナップルジュース＝十五。インスタントスープ（チキン）＝八。コンデンスミルク＝十五。腸詰（小）＝三百個。生卵＝三百（ヘイエルダールがコン・ティキ号で航海に出るとき出航地の地元民におしえてもらった生卵を長期保存する方法。大きな土ガメに生卵を一段並べ、石灰水をいれてまた生卵を並べる。これを繰り返しておくと長く腐敗しない。葦船ラーII世号に乗船していたヤム号キャプテン小原が習得したもの）。

調味料

バター缶、チーズ缶、マヨネーズ瓶、砂糖、塩、醤油、ソース、酢、コショウ、カレーパウダー、コーヒー、お茶のたぐい。

野菜

ニンニク、生姜、玉ネギ、ジャガイモ、オクラ、ヤムイモ。フルーツいろいろ。

ヤム筏の豊かな食品倉庫を書いているうちにこれから先のこの航海が傍観者にも楽しくなってきた。

この食品一覧が出ているところにここちのいい文章がある。

「窓越しにカガヤン河が見え、川面にタンタンと軽快なエンジン音を響かせながら四、五人乗りのベニヤ製の軽い舟が走り回っている。アウトリガーのこの舟は、漁船であり人々のアシでもある。一人で立ってバランスをとりながら走っているときもあれば、青年が前に立つ女の子の両肩に手をかけて髪を風になぶらせながら走っていることもある。青い空、ヤシの木立ちの南国の背景によく似合う」

竹筏ヤム号の旅だちが急に詩的になってきた。

せっかくのマグロが

料理担当、という役割はとくに決められてなかった。主食はコメかパンである。アラビア風パンは小原が一九七〇年に葦船ラーⅡ世号で大西洋を横断したとき食べ続けた硬いパンだった。小麦粉にイースト菌を入れないで硬くこね、オーブンに入れて高温で五分ほどさっと焼く。直径十三センチ、厚さ一・五センチほどの丸くて薄べったい、せんべいか中国の焼き餅のようなパン、と説明されている。これはヤム号の乗組員が筏を作っているときいつも食事していたレストラン兼パン屋に焼いてもらった。一人一日三枚、という計算で六百枚注文したが、今の自分の店の能力ではとてもそんなに焼けません、と訴えてきた。結局二百枚で落ちついたがひそかに喜んだのはヤム号の乗組員のなかのコメ好きだった。しかし、そのコメとて三十キロ。あまりに量が多すぎたからか、最初は店のほうが信用しなかった。なんとか信用してもらってそれだけの量を積み込むことができた。

といってもフィリピンのコメである。全体がパサパサで、精米が悪いためにモミや藁屑がたくさんまざっている。海水で研いだあと真水でさっと流してから炊いた。「はじめチョロチョロ、なかパッパ」の日本式の炊き方でやると石のようなカタマリのめしが炊きあがり、押すとボロボロになる。

いろいろ研究した結果、水を多めに入れ、ぐつぐついいだしたらテーブルスプーンで底からかき回す。さらに炊きあがってふかす前にもう一度かきまわすと日本米に近い味になる、ということを発見した。

おかずのレギュラーは卵料理だった。例のカメのなかの石灰水に三百個ほど詰めてきたので材料ふんだん。

ニンニクの醤油漬けもよく作った。四人で二時間かけてニンニクの皮をむき、果実酒の瓶にいれて保存した。これでごはんを食べるとみんなたくさん食べた。

竹筏だからとフィリピン産のタケノコも持ってきたので「タケノコごはん」という高等技にも挑んだ。これは日本のタケノコとちがって固く、成功とはいえなかった。

果物は出発のときに沢山の種類をもらったのでいくらでも食べることができた。

水は出航直前に積み込んだが、港の近くでくみだせる水は海が近いからか塩味がつよく、沸騰させると塩気はさらにました。

港から二十キロほど離れたカマラニウガンというところの水が上質、というのでそこまで調達しにいって積み込んだ。五ガロン入りのポリタンク三十五個で合計六百六十三リットル。たしかに塩気はないがなにかの化粧品のような臭いがした。

なので、飲料用に積んだ椰子の実が重宝された。全部で五十個。現地の人はココナッツ・ウォーターと呼んでいた。その果汁のおいしさは一度味わったら忘れられない、とみんな言っていたらしい。

水は重いので積み方に工夫が必要だった。いろんな場所に試しに置いたが、キャビンの床下、バウデッキ、スターンデッキなどにバランスを考慮して分散しておいた。

ヤムイモはひとかかえもある大きなのを十個ほど積んでいた。船名（筏名）の由来であり、航海が安定してきた頃、それを食べよう、ということになった。フィリピンにいるあいだ、うまく食べる料理法を習ってきていたが、問題は「水」だった。上手においしく食べるには「さらす水」がたくさん必要だった。海水ではまったく役たたず。

航海中にトロロにし、マグロの刺し身と食べているが、ヤムイモをトロロにしたあとオロシ金が潮風で即座に真っ赤にさびてしまい、あまり余裕のある料理にはならなかったようだ。

食事当番は二人一組。メンバーは年齢順に背番号がついていた。一日ごとにそれをずらしていく。総勢七人だったのでひとまわりすると七番と一番が組む、という具合になる。そこに新しい料理が生まれる期待をもってのことだったが、どの組みあわせでも昼はインスタントラーメン、夜はご飯といり卵という具合になっていった。しかしカレーライスの人気は絶大だった。

釣りをして大海から獲物を得る、という考えはなかったようだ。トローリングで巨大な魚をひっかけるには筏の平均スピード約四キロは遅すぎたようだ。

航海に出て間もない頃にたちよったヤミ島の漁師からマグロを一本貰った。

一同、期待に胸を躍らせながら三枚にオロした。それから慎重にめしを炊いた。フィリピン米なので、前に紹介したように少々複雑な手順がある。それをやっているうちにフィリピン人のメンバーの一人が大きな切り身を海水をいっぱいいれたバケツにつけてしまった。「乾燥するといけないから」という理由だった。日本人乗組員ガクゼン。塩水っぽい刺し身をうらめしそうに食ったようだ。

出航日に積み込んだ沢山の椰子の実は海に出て十日ほどで青い実が黄色くなりつつあった。この頭の部分を山刀で切ると小さな穴があく。そこに口をつけてなかの（生）ジュースをまわし飲みする。これが最高にうまかったようだ。また積み込んできて毎食使っていた皿の多くは大波に持っていかれてしまったので椰子の実はそのまま食器のかわりになって重宝した。

ヤミ島上陸作戦

ルソン島から台湾にかけては点々と島がつらなっている。フィリピンから見て最北端、バシー海峡にかかるあたりに先程も触れたヤミ島という小さな島がありに随行しているベサン号からだいぶ以前にその位置を聞いていた。南方のイモ文化が北上して台湾に至った中継点となる島、と聞いていたのでここに上陸する予定だった。日本の学者、ジャーナリストでこの島に上陸した人はまだいない。

問題がひとつあった。ヤミ島はフィリピン領であり、ヤム号は出航するときにフィリピンを出国している。再度フィリピン領内に入ることは法律上問題があった。

それでもなんとかしてヤミ島に上陸したかった。「もし難しければロープを切り、帆柱をへし折ってでも……」と小原キャプテンは航海記に書いている。

やがて島が近づいてきた。見たかんじは初島（熱海の沖合にある）ぐらいのスケールだ。けれど人間の住んでいる気配はなく、ヤム号が入港していけそうな港もない。緑はあるが、周囲は断崖絶壁に囲まれている。

ハンディトーキーで「島を間違えているのではないか」とベサン号に聞いてみたが「我々が間

違える筈はないではないか」という答えがかえってきた。

まあそうだろうなあ、ヤム号は納得するしかない。

それでも果敢にヤム号はヤミ島に接近していく。黒潮の強い流れにさからって行くので、筏はしばしば横向きになってしまう。舵が作動せず、進むべき方向へのコントロールもできずに断崖にむかっていくのだからたまったものではない。島に近づくと波は大きくなり、断崖にぶつかると全体がバラバラになる危険があった。ベサン号にその状態を伝え、なんとかサポートしてくれないか、と頼むが、ベサン号のほうは島にちかづくと浅すぎて座礁してしまう危険がある。これ以上のサポートは無理だ、という連絡が入ってきた。

そのあたりはいい漁場なので台湾の漁船がしょっちゅう領海侵犯している。ベサン号はそういう船をだ捕するのが本来の仕事だった。「お前たちは機関銃とか拳銃はあるのか」ベサン号はそういう連絡をしてきた。

普段フィリピンの警備船に怯えている台湾の船に見つかると、その恨みがあるからヤム号に海賊的攻撃をしてくる可能性があるぞ、というのがベサン号の忠告だった。

「それに我々には本来の任務があるから」などと言ってベサン号はそのあたりで見捨てるようなそぶりを見せてきた。

しかしそれでは本当に島の浅瀬にのりあげて動きがとれなくなってしまってヤム号は遭難だ。

さすがにそんな危機状態で見捨てるわけにはいかずベサン号から提案があった。

「まず我々は台湾の漁船を一隻だ捕する。漁獲物は没収するが、お前たちの筏をヤミ島のほどよいところまで曳航させる。それから上陸、再出航までサポートしたら放免。そういう条件を伝えるがどうか」

まもなくベサン号は本当にヤミ島の周辺を走っていた台湾の漁船をだ捕してきた。なんだかめちゃくちゃな話だが、その漁船の写真なども載っているから本当のようだ。

この台湾の漁船の乗組員がいい人々で、ベサン号の条件を承諾したようだった。そして漁船の身軽さでヤム号をロープでヤミ島のほうに曳航していってくれた。

さきほどの波まかせの横むき接近などとちがってとりあえずちゃんとしたむきにヤム号を進めてくれるので、やたらに恐ろしく見えたヤミ島に接近していくと、家出した息子が母のもとにかえっていくようなこころやさしさを感じてヤム号の乗組員は感動している。

ヤミ島接近に苦労したので夕食はその台湾漁船の船長ら乗組員を招いた。漁船はカツオ一本釣りの船だった。ベサン号の臨検のときには隠しておいたキハダマグロを一本さげていた。みんな日本語をよく話すので会話はスムーズだ。

このあいだのマグロ海水漬けの失敗があったので、カツオも三枚にオロしたあと海水などにつけないようにきっちり言っておいた。

フィリピン人のヤム号の乗組員は今度は刺し身をだいなしにすることなく、台湾漁船からもらったマグロの頭をつかって獅子唐、生姜、玉葱、酢などで煮た。しかしこれは日本人には刺激が強すぎて手がでなかったという。

双方の乗組員による合同宴会がはじまった。ヤミ島のことが最初の話題になった。

「あの島はときどき見回りの人がくるだけ。水もない。直径十五～二十センチもある有毒の大蛇がすんでいて島にあがるとその大蛇が通ったあとをあちこちで目にする」

などという話を聞く。

台湾の漁民が酒を持ってきたのかどうかはっきり書いていないのでわからないが、大蛇の話を聞いたあと、その夜は大蛇が島から筏まで泳いではこないかとヤスの穂先を研いだりしていたらしい。

それからこのヤミ島を目印に日本からくる伴走船といきあう約束になっていたのだが、その船はおろかヤミ島がとんでもない遠方になっている。一晩のうちに流されたらしいのだ。たぶんイカリ綱が切れたのだ。

それではこの機会に本来の漂流に復帰しようと決め、二時間ほど流されていると引き揚げた筈のベサン号がどこからともなく姿をあらわした。

あのままアパリにもどったものの日本からやってくるという次の伴走船にちゃんと見つけられ

たか不安になり、水、食料、燃料を補給して急いで戻ってきた、というのだった。

どうもこの竹筏ヤム号は実験漂流筏の冒険記として読むには途中からなんだかたいへん過保護に流れているような気がして心配になってくる。

台風が接近しつつあった。なんとなく停滞しているうちにどんどんその季節になっていくので小原キャプテンなどは早く本来の漂流に戻らねば、と焦った記述をしているのだが、日本からの伴走船とおちあうまではベサン号は解放してくれなかった、という理由があるようだ。とはいえ戻ってきたベサン号はそれから四日間ヤム号を曳航してヤミ島周辺を徘徊することになるのだ。

ヤミ島に上陸し、島民と会えるとばかり思っていたので、そのお土産に生きた豚を一頭積んできていた。それからフィリピンから小さな黒犬をペットとして乗せてきていた。こういう動物とのエピソードはあまりないのだが、写真で見る黒犬がじつにあぶなっかしげながら可愛い。けれどヤミ島上陸が果たせなかったので、いろいろな感謝をこめて豚はベサン号にプレゼントし、黒犬はみんなに可愛いがられていたが、台風崩れの大波に持っていかれてしまった。この子犬は日本にまで連れていこう、とみんなで考えていたらしい。

そうするのにちょっとだけ問題があったのは日本に入国するとき動物検疫があることだった。しかし、これも入管で決められた日数を檻にいれられるだけのことだから、子犬のストレスの心配のみだ。この犬の写真がもっと沢山載っていれば読者からするとたまらなく悲しいエピソードになるところだったのだが。

もうひとつ。この筏漂流は本当に魚を釣らないのが読んでいて不満だったが、このヤミ島海域をうろついているときに、ついにカツオの皮つき肉を餌にして三十センチほどもあるカワハギを五匹釣った、という話が出てくる。

カワハギといったら肝を醬油に溶いて食ったらたまらないうまさだ。もっと早くこういうことをやってほしかった、と勝手な読者は快哉を叫んだりジダンダを踏んだりするのだった。

嬉しかったのはシイラの家族四匹がヤム号の底に住み着いたことだ、と書いている。ライフラフトの底を並走して泳ぎ、漂流者と友達のようになったり、食料になるエピソードがほかの漂流記によく出てくるがヤム号の人々はまったく食べなかったのが不思議だ。

そういう多くの別の漂流記を思いおこすと海面と筏の底の高さがさしてかわらない、といっても固い竹の筏がいかに波の上で安定していたか、ということがよくわかって考えさせられる。喫水が常に海面ギリギリなのにあまりサメの恐怖を感じていないのも意外だった。

日本からやってくる予定の伴走船の姿はなかなか見えない。ベサン号に曳航されてヤミ島近辺に着くと、そこでいったん曳航の綱をはずし、あとは双方黒潮の流れにまかせ、乗組員はその時間に眠るようにしていた。目が覚めるとヤミ島からはだいぶ流されているので、またそこまで曳航してもらう、ということを繰り返していたが、その繰り返しもだいぶ長く続いた。

伴走船がなくてもうそろそろ本来の漂流に戻って日本に向かいたい、という要望を伝えた日に日本からの伴走船「大蔵丸」の姿が見えてきたのだった。

新しい相棒と北上航路を行くようになったが海は激しいシケにみまわれていた。ヤム号から見ていると大蔵丸の揺れ方がひどい。それにくらべるとヤム号の二階で寝ていると竹の組み合わせがうまい具合に波の圧力を吸収しているようで、波濤の恐怖は殆ど感じないようだった。

大蔵丸の乗組員のほうが激しい揺れにすっかりまいっているようで「いざとなったらそっちに避難させてくれ」となかば本気で頼んできたくらいだった。

何が一番うまかったか

こうした翻弄のすえ、数日後に与那国島を横に見た。日本最西端の島である。沢山の人が並んで手を振っているのが見える。

翌日は石垣島だった。そこに入港することになっている。ヤム号の乗組員のフィリピン人が「マニラよりすばらしいふ頭だ」と驚いている。ヤム号は帆を張ったままスルスルと港に入っていった。大勢の幼稚園児が歓迎している。よく事情のわからない大人は乗組員全員フィリピン人と思っているようだった。

島に着いて口にしたビール、内地米のご飯、八重山そば、ねそべってみる畳、カラーテレビの画面。なにもかも刺激的で懐かしい。

石垣島ではホテルに泊まったが、ベッドが揺れないのと柔らかい布団、というのに違和感があり、窓をあけておくと蚊なども飛んできてみんなあまり眠れなかった。

一泊でまたヤム号に復帰し、那覇をめざす。そのあたりが出発地アパリと目的地九州との中間地点だった。背後から台風がおいかけてくる。それとの競争のようになったが、ヤム号は連日雨にふられ続ける。

鹿児島にむかう航路では夜など沢山の大型船舶とであい三個あったヤム号の夜間点灯ランプがみんな壊れ、残ったひとつも電池がたよりなくなる。それでもまあ、とにかく竹の筏はノタノタと台風を先導するように日本の海にやってきたのだった。

雨があがってほどよい陽光のふりそそぐ二階（多目的デッキ）にみんな集まり、あとわずかの航海を感じながら今回の漂流をみんなでふりかえる。

そのなかで食い物についてのみんなの感想を羅列してみよう。

せっかくイキのいい魚だらけの船旅というのに食料計画に魚を海から得る話がやけに少なかったのはキャプテンの小原が「私は山育ちのせいもあって魚が全然だめなんです。こんなことやっててね（笑）。でも、台湾の漁船にもらったマグロとカツオの刺身はうまかったですね」と語っていることで納得した。

そのほかの乗組員は、

「何を食ってもうまかったですよ。特にヤシの実がおいしかった」（倉島隊員）

「私のナンバーワンは刺身。それから山本サンと岡崎サンが作ったカレーライス」（フィリピン人・オルピアダ）。

「僕はカレーが嫌いなんです。でも、岡崎さんと山本さんが作ったカレーライスは、どんぶり二杯も食いましたよ」（大津）

「そんなにほめられると困るんです。僕がうまかったのは、小原さんが作ってくれた焼飯とハヤシライス、あれが最高でした」（岡崎）

「大津さんが作った、豆の入ったみそ汁が最高」（フィリピン人・メルカダー）

すでに日本の風に吹かれながらのんびりこんな話をしている写真が載っている。納得の一枚だった。あとでわかったことだが竹はどこも破損していなかった。キズさえついていない、というのに拍手したい気持ちだった。

短いあとがき

常に頭に浮かべていたのはこれらの沢山の物語の背後にはもっとすさまじい状況に追い込まれ、この本に出てくる人々のように生きるために敢然とたちむかっていったけれど結果的に運が悪く巨大すぎる海のきまぐれな咆哮に最後は敗北していった多くの漂流者がいたのだろう、ということであった。無念のうちに海にのみこまれていったかれらの脳裏にはどんな食卓が思い浮かんでいたのか。そんなことを考えるとテーブルの上のコップ一杯の水にも安易に手を出せなくなるときがあった。

参考文献

残念ながらほとんどが絶版だと思いますが、参考にさせてもらった本の一覧を記しておきます。

『117日間死の漂流』（モーリス・ベイリー、マラリン・ベイリー著、小鷹信光訳、講談社）
『荒海からの生還』（ドゥガル・ロバートソン著、河合伸訳、朝日新聞社）
『奇跡の生還〈ローズ・ノエル〉号119日間の漂流』（ジョン・グレニー、ジェーン・フェアー著、浪川宏訳、舵社）
『日本人漂流記』（川合彦充著、文元社）
『北米・ハワイ漂流奇談（その1）（その2）』（法政大学学術機関リポート）
『北槎聞略』（桂川甫周著、亀井高孝校訂、岩波文庫）
『パパーニンの北極漂流日記　氷盤上の生活』（イ・デ・パパーニン著、押手敬訳、東海大学出版会）
『北氷洋漂流記』（バヂーギン著、井上満訳、河出書房）
『南緯90度・浮かぶ氷島T―3・世界最悪の旅』（ロダールほか著、筑摩書房）
『大西洋漂流76日間』（スティーヴン・キャラハン著、長辻象平訳、早川書房）

『フラム号漂流記』（F・ナンセン著、加納一郎訳、教育社版「加納一郎著作集2」）
『エンデュアランス号漂流』（アルフレッド・ランシング著、山本光伸訳、新潮社）
『凍える海　極寒を24ヶ月間生き抜いた男たち』（ヴァレリアン・アルバーノフ著、海津正彦訳、ヴィレッジブックス）
『実験漂流記』（アラン・ボンバール著、近藤等訳、白水社）
『漂流実験　ヘノカッパII世号の闘い』（斉藤実著、海文堂）
『コロンブスそっくりそのまま航海記』（ロバート・F・マークス著、風間賢二訳、朝日新聞出版）
『ブレンダン航海記』（ティム・セヴェリン著、水口志計夫訳、サンリオ）
『バルサ号の冒険　筏による史上最長の航海』（ビタル・アルサル著、山根和郎訳、三笠書房）
『ヤム号漂流記』（倉島康著、双葉文庫）
『コン・ティキ号探検記』（ヘイエルダール著、水口志計夫訳、河出書房新社版「世界探検全集14」）
『流れる海　ドキュメント・生還者』（小出康太郎著、佼成出版社）
『無人島に生きる十六人』（須川邦彦著、講談社）
『竹筏ヤム号漂流記　ルーツをさぐって2300キロ』（毎日新聞社編、毎日新聞社）

初出　「小説新潮」二〇一九年三月号〜二〇二〇年八月号に連載された「漂流者は何を食べたか」

新潮選書

漂流者は何を食べていたか

著　者……………… 椎名　誠

発　行……………… 2021年7月15日
5　刷……………… 2022年4月5日

発行者……………… 佐藤隆信
発行所……………… 株式会社新潮社
〒162-8711 東京都新宿区矢来町71
電話　編集部 03-3266-5611
読者係 03-3266-5111
https://www.shinchosha.co.jp
シンボルマーク／駒井哲郎
装幀／新潮社装幀室

印刷所……………… 大日本印刷株式会社
製本所……………… 株式会社大進堂

ISBN 978-4-10-603869-3 C0395